종남마검 편 **만학검전**

FANTASTIC ORIENTAL HEROES

한성수 新무협 판타지 소설

만학검전(晩學劍展) 6

초판 1쇄 찍은 날 § 2018년 1월 5일
초판 1쇄 펴낸 날 § 2018년 1월 12일

지은이 § 한성수
펴낸이 § 서경석

총괄팀장 § 최하나
편집 § 김경민 이종식

펴낸곳 § 도서출판 청어람
등록번호 § 제387-1999-000006호
등록일자 § 1999. 5. 31
어람번호 § 제2-2737호

주소 § 경기도 부천시 부일로 483번길 40 서경B/D 3F (우) 14640
전화 § 032-656-4452 · 팩스 § 032-656-4453
http://www.chungeoram.com
E-mail § chungeorambook@daum.net

© 한성수, 2017

ISBN 979-11-04-91599-4 04810
ISBN 979-11-04-91455-3 (세트)

※ 파본은 구입하신 서점에서 교환하여 드립니다.
※ 저자와 협의하여 인지를 붙이지 않습니다.
※ 이 책은 도서출판 청어람과 저작자의 계약에 의해 출판된 것이므로,
  무단 전재 및 유포·공유를 금합니다.

만학검전 종남마검 편

FANTASTIC ORIENTAL HEROES

한성수 新무협 판타지 소설

도서출판 청어람

만학검전

종남마검 편

目次

第一章

심마(心魔)

　그럼 누가 이런 짓을 한 것일까?

　이현의 고민은 오래가지 않았다.

　순간적으로 응축시켰던 기감의 맹렬한 확장!

　그 속으로 눈앞의 지공대사를 능가할 정도로 강대한 기운 하나가 곧바로 포착되었다.

　세상에 이만한 초고수가 또 누가 있을까?

　이현이 알기론 몇 명 없거니와 위치를 이곳 북경으로 한정하자면 단 한 명만이 떠오를 뿐이었다.

검치 노철령!

위대한 대명의 수호자가 지금 이곳을 향해 빠르게 접근해 오고 있었다. 아마도 하늘을 가로지르는 능공허도 같은 걸 펼치며 말이다.

'하하, 이거 북경에 도착하자마자 노야한테 크게 한 방 당한 셈인가?'

이현이 내심 쓴웃음과 함께 지공대사에게 험상궂은 표정을 지어 보였다.

"처음부터 알고 계셨던 겁니까?"

"……."

"쳇! 역시 그랬구만."

이현이 나직이 혀를 차며 고개를 슬쩍 옆으로 돌렸다. 연화정이 있는 정원으로부터 얼마 떨어지지 않은 담장 쪽을 향해 냉정한 시선을 던진 것이다.

그러자 그곳에는 어느새 검치 노철령이 한 명의 잘생긴 소년과 함께 모습을 드러내고 있었다. 조금 전까지 수백 장 밖에 세워져 있는 구층 탑 위에서 신형을 날린 두 사람이 바로 직전에 담장 위에 떨어져 내렸다.

이현이 비난하듯 소리쳤다.

"노야, 정말 이러시깁니까?"

"허허, 그동안 잘 지냈는가? 오랜만에 본 것치고는 목소리에 지나치게 가시가 돋쳐 있구만!"

"가시가 돋지 않게 생겼습니까? 사람을 불러놓고 이런 식으로 시험 따윌 하시다니요?"

"시험?"

"아니었습니까?"

이현이 더욱 비난의 강도를 높이려 하자 노철령이 지공대사를 향해 말했다.

"지공, 도대체 어떻게 된 것인가?"

지공대사가 대답했다.

"겁도 없이 운검 늙은이에게 도전을 선언한 후학의 실력이 어떤지 잠깐 시험해 봤을 뿐일세."

"그래서 어떻던가?"

"십 년은 일러!"

'또 십 년?'

이현이 지공대사를 향해 불퉁하게 말했다.

"그 십 년은 이른 후배한테 밀린 선배는 어떤 겁니까?"

"버르장머리 없는 놈! 풍현조차 내게 그런 말은 하지 못했거늘!"

"실력으로 안 되니까 배분으로 누르시려는 겁니까?"

"고얀!"

지공대사가 다시 노성을 터뜨리며 이현에게 용조수를 펼치려다 갑자기 인상을 누그러뜨렸다. 태양과도 같은 노철령에 가려서 잘 눈에 띄지 않던 유대유의 똘망똘망한 눈을 의식했기 때문이다.

"대유, 네가 왔더냐!"

"예, 사부님!"

"내 몇 번이나 말했지 않더냐! 노납은 네 사부가 될 수 없느니라!"

"죄송합니다. 대사님."

유대유가 호칭을 바꾸자 지공대사의 얼굴에 애석한 기운이 파문처럼 퍼져 나갔다. 유대유에게 호통을 치긴 했으나 당장 호칭을 바꾸는 것에 마음이 아파왔다.

그가 평생 본 최고의 기재!

천고라는 말이 부족할 게 없는 기재가 바로 눈앞의 유대유였다. 만약 노철령이 후견인만 아니라면 당장 소림사로 데려가서 머리를 밀고, 달마동이나 나한동에 꼭꼭 숨겨 놓고 싶었다. 그만큼 탐나는 인재 중의 인재였다.

'그런 후 넉넉잡고 삼십 년만 지나면 천하제일인을 배출한 문파는 화산파에서 소림사로 자연스럽게 변할 수도 있었으련만……'

안타까운 마음에 유대유에게서 시선을 떼어낸 지공대사가

이현을 냉정하게 바라봤다.

'…하긴 그 전에 이 종남파의 애송이를 넘긴 해야겠군. 현재 심마에 빠져서 무학의 기운이 흐트러진 것 같은데도 나를 검으로 압도했으니 말이야.'

심마!

무학이 일정한 경지에 오른 후 만나게 되는 현상 중 하나다. 보통 절정에서 초절정으로 넘어갈 때 심하게 겪곤 한다. 사람마다 차이가 있긴 하나 대개 본래의 무공 수준이 약화되는 증상을 공통적으로 경험하게 된다. 높고 두터운 벽을 뛰어넘기 전에 겪는 마지막 장애물이라 보면 될 터였다.

그런 점에서 현재 이현의 현 상태는 꽤나 이상했다.

그의 무위는 명백한 초절정!

그중에서도 거의 극에 도달한 상태였다. 무의 끝이라 일컬어지는 절대지경조차 그리 멀지 않아 보였다.

이현의 나이가 고작 삼십 대 중반 남짓한 걸 생각하면 놀라운 성취다. 전대의 무적고수라 불리는 지공대사나 검치 노철령의 같은 나이 때보다 훨씬 강하다고 할 수 있었다.

그러나 지공대사는 내심 마뜩치 않았다.

그가 전해 들은 이현의 무위는 이미 절대지경의 반열에 올라 있었다. 초절정이 아니라 절대지경에 올랐기에 운검진인에게 당당하게 도전장을 던진 것이다.

그런데 고작 초절정이라니!

그것도 때늦은 심마에 무학의 근본이 흔들린 상황이라니!

지공대사는 이현과 맞붙은 후 너무 실망해서 손속에 살기까지 담았다. 자신이 검치 노철령에게 속았다는 생각이 들었기 때문이다. 하나 그는 곧 유대유를 떠올렸다.

이번 비무!

그 진정한 목적 중 하나는 유대유에게 직접 전수할 수 없는 소림의 진짜 절예를 보여주기 위함이었다. 소림사의 엄격한 문규를 회피해서 유대유에게 소림곤과 신법의 정수인 오호란과 금강부동보로 강적과 싸우는 법을 가르치려 한 것이다.

그러다 지공대사는 깜짝 놀랐다.

초절정급이라 생각했던 이현!

그의 무위가 갑자기 급변했다. 싸움이 격화될수록 무위가 조절되더니, 급기야는 절대지경까지 얼핏 드러내 보였다.

게다가 상상을 초월할 정도의 내공력!

오랜 세월 소림의 신공을 익힌 지공대사는 내공만큼은 천하무적이라 자신했다. 그러나 이현의 내공력은 결코 그에 못하지 않았다. 오히려 어떤 부분에서는 더욱 강력하기까지 했다. 만약 내공 대결에 들어갔다 해도 승리를 장담할 수 없을 정도로 말이다.

그래서 지공대사는 대결 중간부터 진지하게 이현을 상대

했다.

그의 괴상한 무공 수준의 비밀을 밝혀내기 위함이었다. 평생 처음 보는 괴현상에 무인으로서 깊은 탐구심을 느낀 것이다.

그 결과!

그는 알아냈다.

현재 이현이 심마에 빠져 있음을.

상상을 뛰어넘는 일이다.

천하에 보기 드문 초절정 무위. 아니, 어쩌면 이미 절대지경에 발을 내딛은 자가 심마에 빠지다니 말이다.

황당함을 뛰어넘는 기분!

그 찰나의 틈을 내준 탓에 지공대사는 이현에게 패배했다. 완전무결한 소림 최고의 신법인 금강부동보의 꼬리를 그에게 붙잡히고 만 것이다.

잠깐 사이에 유대유을 바라보며 이현과의 싸움을 떠올린 지공대사가 내심 고개를 가로저었다. 어쩌면 유대유의 앞날에 가장 큰 걸림돌이 바로 오늘 싸움을 벌인 이현일지도 모르겠다는 생각이 들어서였다.

그때 연화정에서 뛰어내린 주목란이 노철령에게 살짝 고개를 숙여 보이고, 유대유에게 다가가 방긋 웃어 보였다.

"대유가 왔구나!"

"목란 누님!"

유대유가 고개를 숙여 보이자 주목란이 손을 뻗어 그의 머리를 쓰다듬었다. 두 사람은 어려서부터 함께 지낸지라 남매지간이나 다름없는 사이였다.

이현이 주목란과 유대유를 번갈아 바라보고 노철령에게 말했다.

"노야, 그래서 저를 북경에 부른 이유가 뭡니까?"

"여전히 성미가 급하구나? 목란이에게 따로 설명은 들은 게 없고?"

"몇 가지 듣긴 했습니다."

"일테면?"

"칠황야가 중심이 된 황족들과 조정의 대신 일부가 노야한테 반기를 들었다고 하더군요."

"이런!"

노철령이 나직이 탄성을 발했다. 설마 이현이 대놓고 이런 말을 할 줄은 몰랐던 것이다.

"아미타불!"

지공대사가 그답지 않은 불호와 함께 유대유를 손짓해 불렀다. 황실의 권력 투쟁 얘기가 이현에게서 흘러나오자 이 자리를 피할 속셈이었다.

그러자 주목란이 손짓으로 금의위 몇 명을 불러서 지공대사와 유대유를 별채로 안내하게 했다. 그녀 역시 이현의 갑작스러운 행동에 조금 놀랐다.

　잠시 후.

　연화정에는 이현, 노철령, 주목란만 남게 되었다.

　부근에서 암중 호위하던 금의위와 동창의 비밀 고수들마저 모두 멀찍이 물러나게 했다.

　이현의 갑작스러운 한마디가 만들어낸 일이었다.

　이현이 앞에 놓인 다과 중 차가 든 다구는 옆으로 밀어 놓고, 설탕에 절인 대추를 씹어먹으며 만족스러운 표정이 되었다. 십 년 전 북경에 왔을 때와 전혀 변하지 않은 단맛에 기분이 꽤나 좋아졌다.

　북경의 대추는 유명하다.

　날씨와 지질이 대추의 당도를 높이는 데 이상적이었다.

　그렇게 이현이 대추를 열심히 씹어먹고 있을 때, 주목란이 나직이 헛기침을 터뜨렸다.

　"어험! 험!"

　"……."

　이현이 주목란을 돌아본 후 입안의 대추를 꿀꺽 삼켰다. 그리고 다시 손을 다과로 뻗는다.

　탁!

　주목란이 이현의 손을 때렸다.

"왜?"

이현이 다시 주목란을 바라보자 그녀가 고운 눈매를 살짝 치켜 올렸다.

그때 노철령이 자신의 다구를 들어 차를 한 모금 음미하고 입을 열었다.

"글공부를 시작했다고?"

"관직에 오를 생각은 없습니다."

"하면 어째서 대과를 치르는 것이지?"

"아버님과의 약조 때문입니다."

"그런 것에 연연해 하는 성격이었던가?"

"아버님의 건강은 좋지 않으십니다."

"아하!"

노철령이 그제야 납득했다는 듯 고개를 끄덕여 보였다.

"마치 이 얘기를 처음 들은 것 같습니다?"

"처음 들었네."

"하지만……."

"노부는 온종일 국가대사로 골머리를 앓고 있다네. 자네가 비록 무림 중에 명성이 있는 자이긴 하나 천하 전체를 놓고 보자면 미미하기 이를 데 없는 존재일 뿐일세."

"……."

"아니면 자네는 설마 자신의 가치가 천하만민의 안위보다

위라고 생각하는 것인가?"

이현은 잠시 침묵했다.

과거 같으면 당장 화를 내며 반박을 했을 테지만 지금은 달랐다. 노철령의 입에서 흘러나온 '천하만민의 안위'라는 말이 갖는 무게를 어느 정도 짐작할 수 있었기 때문이다.

'하지만 이 또한 정략에 불과할 터! 동서고금의 무수히 많은 위정자들이 항상 천하만민을 팔아서 자신의 영달을 꾀해 온 것이 현실이다!'

내심 목연에게 전해 들은 정쟁을 떠올리며 이현이 침묵을 깼다.

"소생 또한 천하만민에 속한 자입니다. 소생과 천하만민을 분리하는 노야의 말에는 동의하기 힘듭니다."

"허어! 자네가 진짜로 학문의 길에 들어섰구만! 그냥 허투루 대과의 통과에만 신경 썼던 것은 아니었어!"

'쳇! 역시 다 알았잖아!'

내심 혀를 찬 이현이 말했다.

"노야, 그래서 왜 저를 북경에 부르신 겁니까? 지공대사와는 다른 이유로 부르신 것 같습니다만?"

"지공은 이미 내 부탁을 하나 들어주었다네. 그러니 이번 부탁은 내 막역지우의 제자에게 할 수밖에 없구만."

"겁나게 하진 마십시오."

"천하의 마검협이 겁나는 일도 있던가?"

"천하만민의 안위를 언급하셨지 않습니까? 저는 한 명의 평범한 무림인이자 학사에 불과합니다. 노야를 대신해 천하만민의 안위를 짊어질 도량 따윈 없습니다."

"자네……."

노철령이 뭐라고 말하려다 입을 다물었다. 그러자 이현이 살짝 굳은 표정으로 말했다.

"주 군주는 제게 아무런 말도 하지 않았습니다. 하지만 그녀는 서안성에서 칠황야의 사주를 받은 살수들에게 목숨을 위협받았습니다. 노야께서 건재하시다면 결코 있을 수 없는 일이지 않겠습니까?"

침묵.

연화정의 공기가 무겁게 내려앉았다. 이현의 한마디가 불러온 변화였다.

그러나 그것도 잠시뿐.

곧 노철령의 고개가 무겁게 끄덕여졌다.

"…과연 풍현이 애지중지한 제자답구나!"

'역시!'

이현의 안색이 흐려졌다.

북경으로 향하던 중 마음속으로 줄곧 우려하던 상황. 그러나 애써 부정하려 했던 최악의 예측.

눈앞의 노철령을 보자마자 알 수 있었다.

사향 내음.

기루의 기녀들에게서나 맡을 수 있는 짙고 농밀한 냄새가 노철령의 전신에 짙게 드리워져 있었다. 흡사 사향으로 목욕이라도 한 것 같았다.

환관이기 때문에 그런 걸까?

전날 이현이 만났던 노철령은 절대 이렇지 않았다.

환관?

그보다 그는 천군만마를 호령하는 대장군의 기상을 뿜어내고 있었다. 어떤 무림의 강자라 해도 감히 그의 앞에서 무위를 자랑하지 못할 정도의 강력한 패기를 자랑했다. 마치 자신이 황실이 가진 힘의 상징이라도 되는 것처럼 말이다.

당연히 사향 내음 따윈 가당치도 않다.

노철령에게 문제가 발생하지 않았다면.

'몸에서 나는 죽음의 향기를 지우기 위한 고육지책일까?'

이현이 침중한 표정으로 말했다.

"노야, 시간이 얼마나 남았습니까?"

"허허, 풍현 말마따나 정말 직설적인 아이로구나. 그래, 네가 보기엔 어떻더냐?"

"1년이 채 남지 않았다고 봅니다."

"1년이라……."

노철령이 말끝을 흐려 보이자 주목란이 놀란 기색이 되었다. 그녀는 바보가 아니다. 사부 노철령이 직접적으로 말하진 않았으나 그에게 심상치 않은 일이 발생했음은 어느 정도 예측하고 있었다. 그렇지 않다면 근래 사부 노철령이 보인 모습은 결코 그답지 않은 것 투성이었기 때문이다.

그러나 1년이라니!

이현이 한 말은 그녀의 예상을 훌쩍 뛰어넘는 것이었다.

"그건……."

그녀가 반박하려 하자 노철령이 손을 들어 제지했다. 그가 이현을 향해 상반신을 살짝 기울여 보였다.

"…노부를 지나치게 높게 보고 있는 게 아닌가?"

'…뭐?'

주목란의 눈동자가 커졌다.

이현이 고개를 가로저었다.

"약한 척하지 마십시오!"

"약한 척?"

"예, 어디서 약을 팔려고 하시는 겁니까? 자꾸 그러실 거면 저는 이만 가보도록 하겠습니다!"

진짜로 이현은 자리에서 일어나 연화정을 떠나려 했다. 그의 성격답게 조금의 망설임도 보이지 않는다. 찬바람이 이는 것 같다.

"서게!"

노철령이 목청을 돋우어 제지했다.

그냥이 아니다.

그의 손에서 일어난 한줄기 강대한 기운이 연화정을 떠나려던 이현의 앞에 철벽같은 기의 장막을 형성했다.

무형지기!

순간적으로 노철령의 전신에서 일어난 강대한 기가 확장되어 연화정 전체를 에워쌌다.

호신강기를 펼치는 것과 비슷한 원리!

그러나 그보다 월등히 힘들고 어려운 일이었다. 이만큼이나 되는 넓이의 공간을 호신강기로 가두는 것은 상상을 초월할 정도의 공력과 기의 조절 능력이 모두 필요한 일이었기 때문이다.

'호오!'

이현은 잠시 고민했다.

자신의 앞을 가로막은 노철령의 무형강기막을 강제로 찢어보고 싶었다. 십 년 만에 재회한 그와 무위를 견줘보고 싶은 호승심의 발로였다.

하나 그는 곧 불같이 일어난 호승심을 누그러뜨렸다.

'환자와 싸울 순 없지.'

이현이 도로 제자리로 돌아왔다.

그러자 노철령이 미소와 함께 말했다.

"허허, 지공이 자네한테 고전한 이유를 알겠구만."

"고전을 한 게 아니라 패한 겁니다!"

"그렇게까지 선배를 이겨 먹고 싶은 것인가?"

"싸웠으면 승패가 갈리는 게 당연한 거 아닙니까? 만약 1백 초 정도만 더 싸웠다면 지공대사님은 제 검에 목숨을 부지할 수 없었을 겁니다."

단호한 이현의 말에 노철령이 어색한 표정을 지어 보였다.

젊음의 패기?

그따위가 아니란 걸 노철령은 알았다. 이현은 지공대사와의 두 차례 대결에서 이미 그의 약점을 파악한 게 분명하다.

'하지만 지공이 소림의 오호란을 완성한 상태였다면 어떠했을까? 오늘의 빚은 후일 대유가 받아내게 될 터!'

노철령은 유대유를 떠올리며 이현과의 논쟁을 그만두기로 했다. 오늘 이현과 지공대사의 대결은 향후 유대유에게 분명 큰 영향을 미칠 것이다. 그것만으로도 이현은 이미 크게 손해를 본 셈이니, 지금 보이고 있는 기고만장 정도는 참고 넘기는 게 옳을 터였다.

노철령이 화제를 돌렸다.

"그래서 말이네만, 자네 내년에 있을 비검비선대회는 포기하는 게 좋을 것일세."

"제가 운검진인에게 질 거라 생각하시는 겁니까?"

"지네!"

"길고 짧은 건 대봐야 안다고 생각합니다만?"

"이런 건 굳이 대봐야 아는 건 아닐세."

"……"

이현의 얼굴에 떠오른 불복의 기색을 눈으로 살피며 노철령이 말했다.

"자네는 노부를 어떻게 생각하는가?"

"천하에 몇 명 없는 진짜 고수십니다!"

"지공은 어찌 보는가?"

"노야에 버금갈 정도의 고수라 생각합니다."

"그럼 우리 두 명을 상대로 자네는 이길 수 있겠는가?"

"그건 반칙이잖습니까?"

"그 반칙, 우리가 했네!"

"예?"

"과거 노부와 지공, 그리고 무당파의 현명이 한꺼번에 화산파의 화악비천검신 운검을 합공한 적이 있었다는 걸세."

"……"

이현은 너무 놀라서 잠시 얼어붙었다.

소림사의 전대 무적고수 지공대사!

무당파의 전대 제일검 현명진인!

황궁제일고수 검치 노철령!

위의 세 사람은 누가 뭐라 해도 절대지경에 도달하거나 근접한 고수들이었다. 전대 무당제일검인 현명진인을 제외한 두 사람은 이현이 직접 무위를 확인한 바 있었다. 그냥 허명만 그럴듯한 자들이 아닌 것이다.

그런데 그런 3인의 절대고수가 운검진인을 합공했다니!

만약 천하에 알려진다면 경천동지란 말이 무색할 정도의 대사건일 터였다. 내년으로 다가온 비검비선대회 따윈 그냥 한번 웃고 말 법한 일이라 할 수 있었다.

이현이 더듬거리며 말했다.

"겨, 결과는……."

노철령이 담담하게 대답했다.

"우리가 졌네. 깨끗하게 완패했어. 1 대 1의 대결부터 시작해 3 대 1의 대결까지 모두 말이야."

"처음에 1 대 1 대결에서 패한 후 세 분이 합공을 가한 겁니까?"

"그렇게 멸시하듯 보진 말게. 우린들 그리하고 싶었겠는가?"

"그러면?"

"그 3 대 1의 대결은 운검이 제안한 것일세."

"운검진인이요?"

"그렇네. 뭐, 그리고 결과는 자네한테 말한 대로였네. 놀랍게도 운검은 우리와 1 대 1로 싸울 때보다 더 쉽게 이겨 버렸다네. 아마 그 한차례의 대결로 우리 세 사람의 무학의 허점을 모조리 파악해 버린 걸 테지."

"그런 게 가능합니까?"

"상대는 천하제일인일세. 뭔들 못하겠는가?"

"……."

이현은 다시 침묵에 빠졌다. 이번에는 얼어서가 아니다. 그냥 심각한 표정으로 상념에 잠겼다. 노철령이 한 말의 진의가 의심스러웠기 때문이다.

노철령이 말했다.

"그래서 그 후 노부는 무학에 대한 집착을 버리고 국정에만 힘을 썼다네. 어찌 보면 그때 운검에게 완패를 당한 게 잘된 일인지도 모르겠구만."

허허로운 기운까지 느껴지는 노철령의 고백.

이현은 맥이 탁 풀리는 것 같았다.

노철령의 말을 의심했던 일이 바보 같다는 생각이 들었기 때문이다.

'노야의 말은 진실이다! 운검진인은 진짜로 무림을 오시하는 고수 3인을 홀로 격파한 것이 분명해!'

이현은 소름이 돋는 걸 느꼈다.

온몸에 닭살이 일었다.

평생의 목표였던 천하제일인 운검진인의 실체. 그 일각을 엿본 것만으로 자신이 얼마나 순진했는지 깨달았다. 지공대사가 자신에게 했던 10년은 이르단 말이 오히려 칭찬이었음도 알 수 있었다.

그러나 이현은 곧 맹렬한 전의에 불타올랐다.

3 대 1의 싸움!

압도적인 패배!

그따위 게 뭔가?

검치 노철령, 지공대사, 현명진인 3인의 패배는 단지 과거 그들만의 굴욕이었다.

현재의 이현에겐 전혀 상관없었다.

티끌 하나 연관되지 않았다.

굳이 아직 마주친 적도 없는 운검진인에게 패배감을 느낄 이유는 없었다. 출종남천하마검행 동안 경험한 무수히 많은 싸움 중 어느 하나 쉬운 게 없었다. 중간에 몇 번이나 죽음의 위기에 처하곤 했다.

즉, 싸움이란 해봐야 아는 거였다.

남의 말 따위에 좌우될 성질이 아니었다.

으쓱!

이현이 가볍게 어깨를 추어 보이자 노철령이 잠시 놀란 기색이 되었다.

'심마에 빠진 것이 아니었던가? 어쩌면 지공이나 내가 이현이란 아이를 얕본 것일지도 모르겠구나! 이 아이의 강인함은 필경 후일 엄청난 자산이 될 것이야!'

내심 눈을 빛낸 후 노철령이 말했다.

"그래서 말인데 자네, 황궁무고에 대해서 어떻게 생각하는가?"

"황궁무고요?"

"달리 황궁보고라 불리는 곳 말일세. 태조 황제 폐하께서 천하를 평정하실 때 얻은 무수히 많은 무림의 보물과 무공서, 영약 같은 게 지천으로 널려 있는 곳이라네."

"설마 그곳에 절 들여보내 주시겠다는 겁니까?"

"그럴 수 있지. 노부라면."

"그러면 저는 그곳에 들어가서 기연을 얻을 수도 있겠군요? 운검진인과 맞상대할 정도의 기연이요?"

"내 알기로 황궁무고에는 구대문파의 무공서 역시 제법 많다네. 거기에서 자네는 화산파 무공의 파훼법을 발견할 수도 있지 않겠는가?"

"……."

이현이 살짝 눈살을 찌푸렸다. 그동안 종남파에서 그에게 전달되었던 화산파 무공에 대한 파훼법의 출처를 짐작할 수 있었기 때문이다.

'어쩐지 사부님이 검치 노야의 부탁을 거절하지 못하시더라니……'

우정!

그런 것이 아니었다.

사부 풍현진인과 검치 노철령은 철저한 이해관계로 얽혀 있었다. 그리고 그런 관계를 처음에 제시한 건 다름 아닌 노철령이었을 것이다. 이현이 말했다.

"노야의 제안은 고맙지만 거절하겠습니다!"

"어째서인지 물어봐도 되겠는가?"

"황궁무고에 있는 화산파 무공서는 대부분 진수가 배제된 것일 테니, 제게 무슨 소용이 있겠습니까? 아마 다른 구대문파나 대문파의 무공서 역시 마찬가지일 테고요."

"자네 말대로일세. 하나 말일세. 세상에는 만에 하나란 게 있다네. 사실 노부의 무공의 근원 역시 황궁무고일세. 그곳은 그야말로 무인에겐 신천지나 다름없는 곳이란 말일세. 그러니 자네가 만약 황궁무고에 들어갈 수 있다면 생각지도 못했던 기연을 얻을 수도 있다네."

"그냥 헛품만 파는 걸지도 모르죠."

"그것도 맞네. 하지만 내년에 있을 비검비선대회를 위해서 한번 모험을 걸어봄직도 하지 않겠나?"

"……."

이현이 입을 다물자 노철령이 목소리를 살짝 낮췄다.

"자네의 말대로 노부의 생명은 이제 1년도 남지 않았다네. 그런데 천하는 지금 대란(大亂)이 일어나기 직전이야. 만약 자네가 나서주지 않는다면 향후 몇 년 안에 중원은 시산혈해로 뒤덮이고, 천하의 백성들은 도탄에 빠지고 말 것일세."

"회유 다음은 협박이십니까?"

"노부가 가장 잘하는 것이지."

"말이나 들어보도록 하지요."

"고맙네!"

노철령이 앙상한 손을 뻗어서 이현의 손을 덥석 붙잡았다. 그의 손에 담겨 있는 뜨거움이 절로 이현에게 전이되었다.

*　　　　*　　　　*

연화정을 벗어나 묵묵히 걸음을 옮기던 이현이 주목란을 돌아보며 말했다.

"주 군주, 다 털어놓으시오!"

"뭘 털어놓으라는 거죠?"

"하나도 빼놓지 않고 전부 다!"

"이 대가가 무슨 말을 하시는 건지 저는 전혀 모르겠군요."

"……."

평소처럼 이현의 말을 적당히 받아 넘기려던 주목란이 아미를 살짝 찌푸려 보았다. 이현의 표정이 차갑게 굳어 있었기 때문이다. 결국 그녀가 한숨과 함께 말했다.

"하아, 이 대가가 믿으실진 모르겠지만 저도 사부님의 상태에서 대해선 그저 짐작만 하고 있었어요."

"거짓말!"

"정말이에요!"

살짝 울컥한 표정으로 소리친 주목란이 목소리를 조금 낮췄다.

"근래 사부님의 행동이 좀 이상해지긴 했어요. 반대파의 요구를 너무 쉽게 들어주기 시작하셨거든요. 아마 그런 변화가 반대파들로 하여금 역심을 품게 했을 테지요."

"단지 그런 것만으로 검치 노야에게 반대파가 이빨을 드러낼 리 없소!"

"이 대가는 뭘 생각하는 거죠?"

"독!"

"……."

주목란의 아미가 휘어져 올라갔다. 이현이 한 말에 꽤 기분이 나빠진 듯하다.

"사부님이 고작 독에 당하셨다고 생각하시는 건가요?"

"평범한 독이 아니라 만성지독일 것이오!"

"그런 일은 있을 수 없어요. 동창은 금의위보다 더욱 폐쇄적
이고 엄격한 집단이에요. 그런 곳에서 적의 첩자가 암약을 한
다한들 사부님께 만성독약을 중독시킬 만큼 오랫동안 꼬리가
밟히지 않을 리 없어요."

"그래서 검치 노야는 고민에 빠졌을 것이오. 동창 내부에
침투한 적의 첩자는 단지 칠황야가 중심이 된 반황제파 정도
가 아닐 테니까."

"서, 설마, 이 대가가 말하시는 건……."

이현이 전음으로 대화를 바꿨다.

[전날 나는 검치 노야와 비슷한 증상을 보이는 고수를 만난
적이 있었소. 그는 무림에서 상당히 높은 위치를 차지한 세력
의 우두머리였소.]

[…일파지주가 사부님과 같은 만성독약에 중독되어 있었다
는 것이로군요?]

[그렇소. 아마 무공도 검치 노야와 비교해서 그리 떨어지진
않을 것이오. 당시에는 타 문파의 일이라 크게 신경 쓰지 않
았으나 오늘 검치 노야를 보고 문득 이런 생각이 들었소.]

[무슨 생각이죠?]

[황궁의 반황제파가 무림의 비밀 세력과 손을 잡고 천하대

란을 일으키려 한다! 그리고 검치 노야 역시 그 같은 점을 인지하셨기에 고의로 약해를 드러내 반황제파가 움직이게 만들고 있다는 것!]

[이 대가, 그동안 머리가 좋아지셨군요?]

[그거 칭찬이오?]

이현이 살짝 눈총을 주자 주목란이 입가에 살짝 미소를 지어 보였다.

[물론 칭찬이에요. 예전에는 싸움에 관한 감은 좋았지만 그 외의 일에는 전혀 관심이 없었잖아요? 사부님을 만나자마자 이런 대란의 본질을 파악해 내다니, 정말 대단해요!]

[뭐, 학사는 본래 삼 일이 지나면 괄목상대(刮目相對)해야 한다고 하지 않소. 그건 그렇고 주 군주, 어째서 검치 노야는 날 황궁무고에 들여보내려 하는 것이오?]

['왜'가 아니라 '어떻게'겠죠?]

[응?]

이현이 인상을 살짝 찌푸려 보이자 주목란이 다시 입가에 미소를 지어 보이며 전음을 말로 바꿨다.

"이 대가, 곧 자금성에서 금의위를 뽑는 어전비무대회가 열려요. 이 대가는 진무사인 저의 추천을 받아 대회에 참가하셔야만 해요."

"어전비무대회?"

"예, 그곳에서 우승하면 자동적으로 금의위의 천호 자리에 오르게 돼요. 진무사 바로 아래 위치인 아주 높은 직위지요."

"그리고?"

"그리고 황궁무고에 하루가량 출입할 수 있는 권리 역시 취득하게 돼요. 그곳에 들어간 우승자는 무공 비급 하나와 병기 하나, 보물 하나씩을 가지고 나올 수 있지요."

"그건 굉장한 일이로군."

"물론이에요. 사부님께서도 말씀하셨지만 그분도 우연찮게 황궁무고에서 얻은 기연으로 현재의 위치까지 오르셨어요. 만약 이 대가가 황궁무고에 들어가시기만 한다면……."

"별거 없겠지. 여기서 중요한 건 내가 어전비무대회에 참가한다는 점일 테니까."

"…뭐, 그렇죠."

주목란이 어색한 표정으로 이현의 말에 동의했다. 그리고 속으로 중얼거린다.

'정말 이 대가는 사람이 참 많이 변했어. 이렇게 단숨에 문제의 본질을 파악하다니 말이야. 뭐, 그래도 어떤 일이든 직설적으로 말하는 버릇은 변하지 않았지만.'

이현이 말했다.

"뭐, 알겠소."

"예? 설마 어전비무대회에 참가하시겠다는 건가요?"

"왜 그렇게 놀라시오? 혹시 내가 검치 노야의 요청을 거절하길 바랐던 것이오?"

"그런 건 아니지만……."

말끝을 흐리면서도 주목란은 이현을 똑바로 바라봤다. 이지적이고 아름다운 갈색 눈동자 속에 이현의 얼굴이 거울처럼 비쳐 보인다.

"…이 대가, 돌려 말하지 않겠어요. 이번 어전비무대회는 무척 위험할 거예요."

"알고 있소."

"그런데도 어전비무대회에 참가하시려는 건 사부님 때문인가요?"

"물론 그런 것도 있소. 검치 노야에겐 빚이 있으니까."

"빚?"

의아한 표정을 짓는 주목란을 무시하고 이현이 말을 이었다.

"그보다 나는 이번 기회에 한 가지 확인해 봐야 할 일이 있소. 즉, 이번에 내가 어전비무대회에 참가하는 건 검치 노야 때문이라기보다는 개인적인 문제 때문인 것이오."

'물론 그 개인적인 문제는 내게 말해주진 않겠지요?'

주목란이 눈빛으로 말하고, 다시 가볍게 한숨지었다. 점점 더 이현이란 사람을 파악하기 어려워진다는 생각이 들었기 때문이다.

그때 이현이 배를 슬슬 매만졌다.

"그건 그렇고 주 군주, 슬슬 내 밥통 녀석이 밥을 달라고 아우성을 부리기 시작했소. 지금 당장 맛있는 걸 잔뜩 집어넣어 주지 않으면 이놈이 분명 성질을 낼 것이오."

"푸훗!"

이현의 너스레에 웃음을 터뜨린 주목란이 고개를 끄덕여 보였다.

"확실히 이 대가의 배 속이 굉장한 기세로 요동치고 있네요. 저랑 함께 나가실래요?"

"북경 오리구이!"

"예, 오늘은 북경에서 제일가는 오리구이집으로 제가 직접 모시도록 하죠."

"웃차!"

주먹을 쥐고 쾌재를 부른 이현이 주목란에게 활짝 웃어 보였다.

'저런 웃음, 가끔씩이라도 날 위해 보여주면 좋으련만……'

주목란이 물색없이 좋아하는 이현에게 살짝 눈을 흘겨 보였다.

第二章

어전비무대회

　터덜! 터덜!

　악영인은 힘없이 걸음을 옮기다 힐끔 시선을 뒤로 돌렸다. 지난 며칠간 자신과 딱 오 장가량 떨어진 채 걷고 있는 모용조경이 그대로인지 확인하기 위함이었다.

　'여전하군. 여전히 딱 오 장만 떨어져서 날 따라오고 있어. 마치 나와는 전혀 일행이 아니라는 듯이 말이야.'

　생각할수록 어처구니가 없다.

　악영인과 모용조경!

　처음 만날 때부터 악연이었다. 그것도 보통 악연이 아니라 절반쯤은 원수 사이라 해도 과언이 아닐 터였다. 적어도 악영인은 모용조경을 그렇게 생각하고 있었다.

두 사람의 가문인 산동악가와 고소 모용가는 본래 백 년 전까지만 해도 무척 우애가 깊었다. 꽤나 오랫동안 잦은 혼사를 통해 일종의 혈맹을 맺고 있었다.

즉, 두 사람은 엄밀히 말해서 먼 친척 사이라 할 수 있었다.

근래 흐지부지해진 혈맹지약만 아니라면 어쩌면 절친이 될 수도 있었을지 모른다.

아니다. 현재 두 사람의 관계는 단지 깨진 혈맹지약 때문만은 아니었다. 사실 엄밀히 말해서 악영인과 모용조경 둘 다 여인의 몸이니, 해묵은 혈맹지약 따위는 그다지 문제될 게 없었다. 첫 만남 때 다소간의 오해가 있었긴 하나 한차례 웃고 넘어가면 될 만한 일이었다.

하나 그 사이에 느닷없이 이현이 끼어들었다!

악영인의 의형! 술친구! 사형! 아니, 그보다 훨씬 중요한 위치를 차지한 남자 이현! 그가 두 사람 사이에 끼어들었다.

두 사람 모두에게 지대한 영향을 미치고 있었다.

그래서 두 사람, 아니, 두 여인은 서로를 경원시하게 되었다. 노골적으로 싫어하게 되었다. 마음속 깊이 서로에 대한 원망과 경계심이 자리 잡게 된 것이다.

그러니 현 상황은 이상하다. 수상쩍었다.

결국 성질 급한 악영인이 걸음을 멈추고 어느새 딴청을 부리고 있는 모용조경에게 버럭 소리 질렀다.

"도대체 나한테 왜 이러는 것이오!"

"말 편하게 하시죠. 악 소저. 아니, 언니라고 불러야 하려나요?"

"크오오!"

악영인이 당장 모용조경에게 달려들 것처럼 포효했다. 그녀의 한마디 한마디에 속이 뒤집어지는 것 같았다.

모용조경은 개의치 않았다.

그녀는 마치 한 마리 쥐를 막다른 골목에 가둬 놓고 희롱하는 고양이처럼 태연한 표정으로 말을 이었다.

"무림에 나온 여협이 남장을 하는 건 그리 이상한 일이 아니에요. 저도 강동을 떠나서 섬서성으로 향하던 중 꽤 여러 번 남장을 했으니까요. 하지만 악 소저처럼 한곳에 머무는 동안 계속 자신의 성별을 속이는 사람은 처음이에요. 아니, 그보다 어떻게 숭인학관의 그 많은 남자들 틈에서 여태까지 들키지 않고 지냈던 건가요?"

"그만! 그만! 그마안!"

모용조경을 향해 연달아 소리를 질러댄 악영인이 흥분으로 인해 붉어진 얼굴로 말했다.

"모용 소저, 내게도 피치 못할 사정이란 게 있소! 나도 좋아서 남자 노릇을 하고 있는 건 아니라구!"

"좋아서 그런 거 같은데요?"

"……."

악영인이 움찔한 표정이 되었다.

그러나 그것도 잠시 뿐.

그녀가 얼른 시치미를 뗐다.

"내가 왜 남자 노릇을 좋아한다고 생각하는 것이오? 내게는 이래야만 하는 중대한 사정이 있단 말이오!"

"그래서 남자 노릇하는 게 싫었다는 건가요?"

"그야 당연히……."

"싫진 않았죠? 그렇지 않다면 그렇게 즐거운 표정으로 이 공자와 술을 마시러 다니진 않았을 테니까요."

"…형님과 술 마시는 게 싫을 리 없잖소?"

"만약 악 소저가 여자인 상태였어도 이 공자와 그렇게 즐거운 시간을 보낼 수 있었을까요?"

"……."

악영인이 입을 다물었다. 근래 그녀를 가장 고민하게 만든 일을 지적당하자 할 말이 없어진 것이다.

'역시 그랬구나!'

모용조경이 냉소했다.

"흥! 그러니 우리는 더 이상 이런 대화를 나누지 말도록 해요. 북경까지는 아직도 갈 길이 많이 남은 것 같으니까요."

"설마 북경까지 날 따라오겠다는 거요?"

"예. 북경은 초행이거든요."

'그런 이유였나!'

악영인이 뻔뻔한 모용조경의 대답에 내심 버럭하고 고개를 절레절레 흔들었다.

"섬서성까지는 잘도 혼자 왔지 않소? 어째서 북경행에는 그렇게 하지 않는 것이오?"

"북경은 황도잖아요."

"그런데?"

"황도는 황법이 강력하게 적용되는 곳이니 악 소저같이 관부와 연이 닿는 사람의 도움을 받는 게 좋겠다고 생각했을 뿐이에요."

"하! 하! 내가 모용 소저를 도와줄 거라 생각하는 것이오?"

"당연히 그럴 거예요. 이 공자와 함께하고 있는 사람을 악 소저 혼자서 상대하긴 힘들 테니까요."

"형님과 함께하고 있는 사람? 그건 혹시 주목란 진무사를 말하는 것이오?"

"하물며 황실의 존귀한 군주님이시죠. 그런 사람이 이 공자를 꽁꽁 숨긴다면 악 소저는 어떻게 할 거죠?"

악영인이 잠시 침묵하다 말했다.

"그럼 모용 소저에겐 특별한 수가 있다는 것이오?"

"있죠."

"그게 뭐요?"

"그건 비밀이에요. 하지만 악 소저가 날 북경까지 무사히 데려가 주면 말해주도록 하죠."

"날 속이려는 거요?"

"내가 악 소저를 속여서 얻을 게 뭐죠? 아니, 그보다 악 소저는 주목란 군주를 혼자서 이길 자신이 있는 건가요?"

"⋯⋯."

악영인이 다시 입을 다물었다. 모용조경이 한 말이 틀린 게 없다는 생각이 들었기 때문이다.

'확실히 주목란 군주는 강적이다! 예쁘거나 신분이 존귀한 건 둘째치고, 형님과 꽤 오래전부터 친분이 있는 게 거슬려!'

뭐가 그리 거슬리는 걸까? 악영인은 거기까진 생각하지 않기로 했다. 너무 깊게 자신의 본심을 파헤치다간 너무 부끄러워 죽고 싶어질 것 같았기 때문이다.

결국 그녀가 고개를 끄덕였다.

"좋소. 일단 북경까진 모용 소저와 동행하도록 하겠소. 하지만 그전에 한 가지 나와 약조하시오!"

"말하세요."

"나와 함께하는 동안 절대! 절대로! 여자로 날 대해선 안 될 것이오!"

"그러죠."

모용조경이 대답과 동시에 슬그머니 악영인 곁으로 다가왔다. 오 장이었던 거리가 극단적일 정도로 가까워졌다. 한 쌍의 그림같이 아름다운 선남선녀처럼 말이다.

*　　　　*　　　　*

숭인학관에 돌아온 북궁창성을 맞이한 사람은 목연이었다.

그녀는 앞서 복귀한 학사들과 달리 한참이 지나서야 숭인학관에 온 북궁창성을 안도한 표정으로 맞아줬다. 먼저 돌아온 학사들에게서 공부자관에서 벌어졌던 흉악한 일에 대해 듣고 내심 크게 걱정하고 있었기 때문이다.

그녀가 의아한 표정으로 말했다.

"북궁 공자님, 이 공자와 악 공자는 함께 오지 않은 건가요?"

"예, 그렇습니다."

"어째서죠?"

"이 사형은 서안성에서 갑자기 급한 볼일이 있다는 서신을 남기고 떠나셨고, 악 사제는……."

잠시 말끝을 흐리며 눈살을 찌푸려 보인 북궁창성이 한숨을 내쉬었다.

"…하아! 악 사제는 식년과 시험에 낙방한 후 잠시 방황할 시간적 여유가 필요하다며 서안을 떠나갔습니다. 이 사형이 갑자기 사라져서 마음이 크게 허허한 것 같았습니다."

"그렇군요."

목연이 고운 얼굴에 살짝 그늘을 드리운 채 고개를 끄덕여 보였다. 이번 시험의 결과는 미리 북궁창성이 인편으로 숭인학관에 통보해서 그녀 역시 알고 있었다. 숭인학관의 수험생들 중 오직 이현과 북궁창성만이 이번 식년과를 통과한 것이다.

목연이 곧 표정을 정돈하고 북궁창성을 향해 말했다.

"북궁 공자님, 식년과 합격을 진심으로 축하드립니다! 이제 당당한 거인이 되셨습니다!"

"거인이라니, 가당치 않은 말씀이십니다. 그저 운이 좋았을 뿐입니다."

"겸손한 모습이 과연 군자다우십니다."

목연의 칭찬에 북궁창성이 살짝 낯을 붉혔다. 숭인학관에 몸을 담은 이래 목연은 줄곧 그와 거리를 두고 있었다. 무림 세가의 후손인 북궁창성으로 인해서 숭인학관에 문제가 생길 것을 걱정했기 때문이다.

그러나 이제 북궁창성은 당당하게 식년과를 통과한 거인이 었다. 이제 북경에서 벌어지는 3차 시험만 통과한다면 천하를 오시할 만한 대학사이자 정계의 요인이 될지도 몰랐다.

오랫동안 초시 합격자조차 배출하지 못했던 숭인학관의 책임자 목연 입장에선 기뻐하지 않을 이유가 없을 터였다.

　그런데 어째서일까? 쑥스러워하는 북궁창성과 함께 숭인학관으로 향하는 목연의 얼굴이 살짝 어두워졌다.

　'이 공자가 오면 좋아하는 고기만두를 잔뜩 만들어주려 했건만……'

　숭인학관 제일의 골칫거리!

　목연에게 몇 번이나 두통을 안겨줬던 사내!

　이 기쁜 날에 목연의 뇌리에는 그의 얄궂은 얼굴이 어른거리고 있었다.

　단지 1 대 1로 수업을 시킨 그의 기적적인 식년과 합격 때문일까?

　문득 욱신거려 오기 시작한 가슴 언저리를 한 손으로 살짝 누른 목연이 고개를 살짝 흔들어 보였다. 이해할 수 없는 마음의 동요를 평소처럼 강하게 억눌러 버린 것이다.

　식당 안에서 음식을 만들던 하녀 차림의 여인.

　소화영이 환호성을 터뜨리며 북궁창성에게 달려가려다 한 명의 아름다운 미부에게 뒷덜미가 붙잡혔다.

　근래 이현의 명령으로 숭인학관에 들어와 하녀장이 된 여인!

　천향마녀 갈소옥의 손이 소화영의 뒷덜미를 낚아챈 채 위로 쑥 추켜올리고 있었다.

바둥! 바둥!

갈소옥에게 뒷덜미가 붙잡힌 소화영이 허공에서 허우적거렸다. 여인치고는 키가 크고 늘씬한 몸매의 소유자인 갈소옥에 비해 그녀는 머리 하나 정도 작았다.

게다가 무공의 격차는 감히 비교조차 하지 못할 상황!

죽어라 바둥거렸으나 그녀의 시야 속에서 북궁창성은 점차 멀어져 가고 있었다. 그는 목연과 함께 식당을 지나쳐 인재당으로 향해 걸어갔다.

소화영이 간절한 표정으로 소리쳤다.

"놔 줘요! 놔 줘요!"

갈소옥의 입가에 냉소가 떠올랐다.

"이년, 이거 말 짧은 거 봐라? 또 엉덩이가 불이 날 정도로 얻어맞아 봐야 네년이 정신을 차리지!"

움찔!

갈소옥의 노골적인 협박에 소화영의 작은 몸이 바르르 떨렸다. 그녀는 하녀장 자리를 꿰찬 갈소옥에게 몇 차례 반항을 했다가 아주 호되게 당했다.

강호에서 천향마녀로 활동할 때뿐 아니라 기녀원에서 기녀 노릇을 하던 중에도 갈소옥은 서열을 무척 중시 여겼다.

한마디로 자신에게 기어오르는 여자는 결코 용납하지 않았다. 특히 반골 기질이 있는 여자들의 싹을 초장에 짓밟는 데

능했다.

그런 그녀의 눈에 소화영이 가장 먼저 들어온 것은 당연했다.

이현에게 살벌한 경고를 들은 목연은 감히 어쩌지 못하나 소화영 정도 손보는 건 전혀 어렵지 않았다. 밤중에 몰래 그녀를 불러내서 아주 호되게 매찜질을 해서 감히 눈도 쳐다보지 못하게 만들어 놨다. 지금 역시 마찬가지다.

소화영의 북궁창성에 대한 사랑을 단 한마디로 제압한 갈소옥의 눈매가 가늘어졌다.

핥짝!

붉은 혀가 입술을 핥는다.

숭인학관에 온 후 집사 달리파를 비롯한 몇 명의 추종자를 만들었으나 지루한 나날의 연속이었다. 무공이 전폐된 달리파는 물론이고 글공부나 하는 학생들 중 누구도 그녀의 눈에 들어오지 않았다. 종종 숭인학관을 찾아오는 남운이나 은야검 정도가 그럭저럭 관심이 가는 정도였다.

그런데 갑자기 이런 대어가 나타날 줄이야!

훤칠하고 잘생긴 북궁창성의 출현에 갈소옥은 몸이 후끈 달아오르는 걸 느꼈다. 서안성 제일의 기루인 여춘원에서 최고의 기녀로 군림하는 중에도 이만큼 괜찮은 남자는 본 적이 없었다. 절로 군침이 돌았다.

'통째로 삼켜도 비린내 하나 나지 않겠구나! 망할 마검협 녀

석한테 손상당한 정기를 채우는 데는 이만한 보약거리가 없겠어! 꿀꺽!'

갈소옥은 내심 침을 삼켰다. 몸이 마구 근질거리고 있었다.

지금 당장에라도 북궁창성을 자빠뜨린 후 허연 백골만 남을 때까지 쪽쪽 정기를 빨아먹고 싶었다.

그러다 그녀는 갑자기 깨달음을 얻었다.

'잠깐만! 성이 북궁이라고? 설마 서패 북궁세가와 관련 있는 놈은 아닐 테… 씨발! 맞구나!'

갈소옥은 자신의 손에 여전히 뒷덜미가 붙잡힌 채 몸을 떨고 있는 소화영에게 말했다.

"너… 북궁세가 출신이냐?"

"예? 그게 무슨 말씀이신지……."

"이년아, 제대로 대답해! 그렇지 않으면 쥐도 새도 모르게 죽여서 야산에 파묻어 버릴 테니까!"

움찔!

다시 몸을 떨어 보인 소화영이 기어들어 가는 목소리로 말했다.

"…그럼 하녀장님도 곤란해질 거예요. 이곳은 섬서성이니까요."

'망할 년! 진짜 북궁세가 소속이 맞구나!'

내심 혀를 찬 갈소옥이 소화영을 놔주고 재미없다는 표정을 지어 보였다.

그녀의 말이 맞았다.

이곳은 섬서성!

서패 북궁세가의 영토였다.

북궁창성이 참 오랜만에 만난 대어이긴 하나 건들 수 없었다. 이현만 해도 무서운데 북궁세가까지 적으로 돌리고 싶진 않았다.

후다닥!

소화영이 얼른 식당을 벗어나 인재당으로 달려갔다. 식당 일은 툭하면 농땡이 피우면서 이럴 때는 무척 빠르다.

* * *

"쿨럭! 가, 감히 네놈이 황실의 일에……."

"시끄럽고!"

푹!

피투성이가 된 채 뒤로 물러서고 있던 흑의무사의 심장이 조준의 손에 관통당했다.

털썩!

흑의무사가 바닥에 쓰러지자 조금 전까지 조준을 둘러싸고 아비규환의 혈전이 벌어지고 있던 전장이 조용해졌다. 숭인학관을 향해 몰려가던 백여 명이 넘던 흑의무사 전원이 조준에 의해 몰살당한 것이다.

"생각보다 적군. 하지만 아쉬운 대로 이놈들의 백은 거둬들여야겠지?"

나직한 중얼거림과 함께 조준이 진언과 함께 명왕종의 술법을 펼쳐서 흑의무사들의 백을 빨아들였다. 후일 귀혼술을 펼칠 때 요긴하게 사용하기 위함이었다.

그렇게 얼마나 지났을까?

조준이 진언을 멈추고 명왕종의 술법을 거둬들인 것과 동시였다.

휘오오!

휘오오오오오!

문득 피투성이가 되어 전멸한 백여 명의 흑의무사들의 시체 사이로 검은 귀기가 일어나더니 곧 자취를 감춰 버렸다. 그리고 거의 동시에 벌어진 기이한 현상!

방금까지 대지를 피로 물들이고 있던 흑의무사들의 시체가 흔적도 없이 사라졌다. 검은 귀기의 소멸과 함께 육체 역시 거짓말처럼 한 줌의 흙먼지로 변해 바람결에 흩어져 버린 것이다.

"이 정도면 그동안 얻어먹은 밥값으론 충분할 테지?"

나직한 중얼거림과 함께 조준이 멀리 보이는 숭인학관을

힐끔 바라보고 신형을 돌려 세웠다.

명왕종의 술사 조준!
신마맹의 천멸사신 조준!

모두 한 사람이었다. 그렇게 살아왔다. 살게끔 강요받아 왔
다. 그중 어느 하나 자신의 의지는 끼어들 틈이 없었다.
그러나 중원에 들어온 후 악영인을 만나고, 이현을 만나고,
숭인학관에서 시간을 보냈다. 그러는 동안 꽤 여러 가지 일을
겪었고, 그럭저럭 즐거웠던 것 같다.
숭인학관에서 보낸 시간은 두 가지 상이한 삶을 강요당해
왔던 그에게 처음으로 인간적인 감정이란 걸 경험하게 했다.
그래서 조준은 아쉬웠다. 악영인과 이현을 다시 만나지 못
한 채 숭인학관을 떠나는 것이 싫었다.
이런 기분, 도대체 뭘까?
한 번도 경험하지 못했기에 알지 못했다.
그냥 짐작만 할 수 있을 뿐이었다.
'뭐, 북경에서의 일이 끝난 후 다시 돌아오면 알 수 있을 테지.'
내심 피식 웃어 보인 조준이 발끝에 힘을 실었다.
슥!
그의 신형이 자취를 감췄다.

　　　　　*　　　　　*　　　　　*

어전비무대회!

　무림에는 그리 유명하지 않은 비무대회이다.

　무림인들이 그리 좋아하지 않는 황실 주최의 대회였기 때문이다. 그러나 마찬가지 이유로 황실과 관계된 세력이나 무문, 병부의 청년 무인들에겐 필생의 목표 중 하나였다.

　어전!

　바로 황제가 친견한다는 뜻이다.

　당연히 그것만으로 어전비무대회는 중원 문사들의 목표인 대과와 동일한 무게를 갖게 된다. 대과와는 별개로 병부에서 치러지는 무과와는 무게감 자체가 다를 수밖에 없었다.

　때문에 어전비무대회에는 진짜 고수들이 잔뜩 참가했다.

　군문이나 무문, 병부의 명문가의 후손이나 제자들 중에서 가장 무공이 강한 자들이 총출동했다. 가문이나 소속 세력의 명예를 걸고 자신이 가진 재주를 황제 앞에서 몽땅 쏟아내 보이는 것이었다.

　그럼 이 어전비무대회의 우승자는 어떤 점이 좋은 것일까?

　우선적으로 우승자는 황궁무고에 들어갈 수 있는 자격이

부여된다.

명태조로부터 시작되어 북벌에 미쳤던 영락제 시절에 완성되었다고 알려진 금단의 구역!

그곳에는 명태조를 도와서 원 제국을 무너뜨렸던 무림세력과 영락제의 북벌을 도왔던 고수들의 절세무공이 산처럼 쌓여 있다고 전해진다.

그리고 기진이보!

무수히 많은 영단묘약과 진귀한 보물이 또 하나의 산을 이룬다고도 한다.

한마디로 말해서 무림인을 비롯해 무학의 길에 들어선 모든 자가 꿈속에서나마 들어가고 싶어 하는 곳이었다.

당연히 제약이 존재한다.

우승자는 황궁무고에서 삼 일간 머물면서 한 가지 보물을 소유할 수 있었다. 자신의 능력에 따라서 절세무공을 외울 수 있고, 한 가지 보물이나 영약, 병기를 가지고 나올 수 있는 것이다.

'거기까진 노야한테 대충 들은 것 같은데⋯⋯.'

주루에서 음식이 나오길 목을 빼고 기다리던 이현이 설명을 훼방 놓자 주목란이 아미를 살짝 찡그려 보였다.

"이 대가는 항상 너무 성질이 급한 게 탈이에요!"

"⋯배가 고플 때는 나도 모르게 그렇게 되더라구."

"요!"

"요!"

주목란의 경고 섞인 말에 이현이 얼른 존댓말을 붙였다. 그리고 살짝 심드렁한 표정을 지어 보인다.

"주변에 사람도 없는데 주 군주도 너무 빡빡한 거 아니오?"

"북경이니까요."

'북경이니까라……'

이현이 살짝 눈살을 찌푸려 보일 때 주목란이 끊긴 설명을 계속 이었다.

"그 후 어전비무대회의 우승자는 병부나 금의위 중 자신이 원하는 곳을 선택할 수 있어요. 대개는 금의위를 선택하죠."

"그건 어째서 그렇소?"

"병부를 선택하면 보통 북경을 보호하는 오군도독부나 지방의 절도사, 도지휘사에 배정받게 돼요. 어전비무대회를 우승할 정도의 고수가 갈 만한 곳은 아니죠. 게다가 재수가 없어서 옥문관이나 산해관 같은 최전방에 배치가 된다면 영광은 없고 고생만 하게 될 수도 있지 않겠어요?"

"그건 그렇구만."

이현이 고개를 끄덕여 보이자 주목란이 첨언하듯 말했다.

"하지만 실제로 그런 고생을 사서 하는 부류도 있어요. 그건……"

"산동악가와 신창양가?"

"…잘 아시네요. 그 두 가문은 하북팽가와 함께 꽤나 오래 전부터 병부와 밀접한 관계를 유지해 온 군문의 명문가예요. 그래서 뻬어난 자손들을 최전방에 보내는 걸 가문의 자랑이자 책무라 생각하곤 하죠. 뭐, 그런 전통도 근래엔 그다지 지키지 않는 것 같지만요."

"그건 어째서 그런 것이오?"

"하북팽가는 이미 칠황야 쪽에 붙었고, 산동악가는 중립을 선언한 지 꽤 오래되었거든요."

"그렇다면 신창양가는 검치 노야 쪽인 것이오?"

"반반이에요."

"반반?"

"예, 신창양가는 병부와 금의위 양쪽에서 고르게 세력을 형성하고 있는데, 근래엔 파벌이 나뉜 상황이에요."

"칠황야 쪽이 좀 더 많겠구만."

주목란의 눈에 이채가 어렸다.

"그걸 어떻게 아셨죠?"

이현이 자신의 관자놀이를 손가락으로 가볍게 두드려 보였다.

"이래 봬도 내가 그동안 글공부를 무척 열심히 했소."

"그런 것 같더군요. 천하를 오시하는 무학에 비한다면 보잘 것없지만요."

"보잘것없다니!"

버럭 화를 내는 이현을 향해 주목란이 빙긋 웃어 보였다.

"그만큼 이 대가의 무학이 대단하단 거예요. 그래서 글공부를 열심히 하셔서 어떻게 되었는데요?"

웃는 얼굴에 침 못 뱉는다고 한다. 하물며 상대는 무척 아름다운 용모와 재치를 겸비한 주목란이었다.

그녀가 방긋방긋 웃으며 말을 돌리자 이현이 화를 누그러뜨리고 말했다.

"내가 글공부를 열심히 하다 보니 예전에는 없던 능력이 생겨났소."

"그게 뭐죠?"

"정치."

"정치?"

주목란이 미간을 찌푸려 보이자 이현이 말을 이었다.

"글공부를 하다 보니 공맹을 비롯해서 무수히 많은 현자나 학자란 양반들이 최종적으로 향하는 곳은 딱 두 곳이었소. 바로 명(名)과 리(利)! 모두들 그럴듯한 말을 지껄여대지만 결국은 자신의 이름을 후세에 남기던가 현세의 이익을 위해 움직이더란 말이오."

"그리고 그 궁극은 바로 정치란 건가요?"

"그렇소. 바로 정치란 것에 인생사의 모든 명리가 담겨 있고, 억조창생의 화복과 안녕이 좌우된다는 걸 알게 된 거요. 그리고 그 정치에서 가장 저급하면서도 필수불가결한 게 바로 권력투쟁이란 것도 알았소. 놀랍게도 역대 황조를 보면 그야말로 피를 피로 씻는 골육상쟁의 역사더구만."

"그래서 신창양가에서도 권력투쟁에 의한 골육상쟁이 벌어지게 되었다는 판단을 내리신 건가요?"

"아마 아직까지는 수면 아래에 가라앉아 있을 것이오. 하지만 곧 수면 위로 솟아오르겠지. 칠황야를 중심으로 한 반황제파들이 노골적인 반역의 야심을 드러냈으니까. 그리고 그건 그들에게 확신이 있었기 때문일 것이오."

"반역을 성공시킬 수 있다는 확신?"

"그렇소. 그들은 검치 노야의 명이 얼마 남지 않았다는 걸 이미 알고 있소. 그리고 그건 아마도……."

이현은 중간에 말을 멈췄다.

문득 주목란의 매력적인 갈색 눈동자 속에 떠오른 파문을 발견했기 때문이다.

'…동창이나 금의위에도 이미 반황제파의 첩자가 침투해 있다는 뜻일 테지. 아니, 첩자라기보다는 죽어가는 권력으로부터 차세대의 권력으로 발 빠르게 움직인 자들이라고 해야 하려나? 이미 가문내의 의견을 정한 하북팽가, 산동악가와 달리 신창양가는 아직 내부에서 격론이 벌어지고 있는 모양이고

말야.'

내심 주목란에게 끝맺지 못한 말을 중얼거린 이현이 갑자기 탁자를 두들기며 소리쳤다.

"너무 늦다! 너무 늦어!"

"⋯⋯."

"이러다 배가 너무 고파서 음식 나오기도 전에 죽은 귀신이 되고 말겠어!"

주목란이 눈짓을 하기도 전이었다.

슥!

의자를 뒤로 밀며 일어선 이현이 막 부근까지 다가온 황포무사의 견갑골을 손가락으로 밀어냈다.

"큭!"

황포 사나이가 신음과 함께 뒤로 주춤거리며 밀려났다. 이현의 손가락에 깃든 현천건강기에 반신이 순식간에 마비되어 버린 것이다.

그러자 부근의 탁자에서 식사에 열중하거나 호들갑스러운 대화를 나누던 자들 몇 명이 이현을 향해 달려들었다. 빠르고 날카로운 공격이다.

스슥!

스파파파팟!

어디서 났는지 이현에게 달려든 자들의 손에는 하나같이

날카로운 칼이 들려져 있었다.

황도인 북경에서 쉽사리 보기 힘든 패도!

전광과 같은 도광들이 순식간에 이현을 난도질했다. 대여섯 명이 넘는 숫자임에도 공격이 겹치지 않는다. 꽤나 오랫동안 연수합격술을 연마한 자들임이 분명하다.

'게다가 모두 일류 수준 이상이군. 도법이 정묘하고 사기(邪氣)가 느껴지지 않는 게 명문 출신들인 것 같은데……'

이현은 눈살을 가볍게 찌푸려 보였다. 자신이 착각을 했다는 판단이었다.

그러나 이미 엎질러진 물!

퍽!

이현의 무릎이 강력한 슬격을 일으켜 하체를 노리던 칼날을 날려 버렸다.

팍! 파팍!

뒤이어 벽운천강수로 목과 어깨를 노리던 칼날 두 개를 박살 낸 이현이 장권을 휘둘렀다. 주먹과 장저를 교차해서 연수합격술을 펼치며 달려든 무사들을 순식간에 때려눕혔다. 단한 걸음의 미동조차 보이지 않고서 말이다.

피잉!

그러자 느닷없이 허공을 가로지른 암기!

척!

이현이 손가락을 뻗어서 자신을 향해 날아든 암기를 받아
냈다.

'젓가락?'

이현이 눈살을 찌푸린 것과 동시였다.

스스스슥!

갑자기 공간 자체가 압축되는 것 같은 감각과 함께 날카로
운 기운이 파고들었다. 삽시간에 이현의 바로 코앞까지 섬뜩
한 한기가 다가든 것이다.

그건 이미 지척지간!

툭!

이현이 발끝을 미세하게 움직여서 다시 슬격을 펼쳤다. 자
신을 노리며 파고든 정체불명의 한기를 향해 직격을 가했다.

당연히 그것만으로 끝일 리 없다.

파라락!

이현의 소매가 가벼운 떨림을 보이더니, 칼날 같은 기운을
담고서 대뜸 허공을 가로질렀다.

슬격에도 완벽하게 소멸하지 않은 한기!

그 끈질긴 기운을 일도양단하기 위함이었다.

쩌적!

이현이 서 있던 바닥에 깊은 홈이 패였다. 흡사 커다란 도
끼로 바닥을 강하게 내려친 것이나 다름없다.

'이런 도망쳤군.'

이현은 다시 눈살을 찌푸렸다. 자신을 향해 정체불명의 한 기를 쏟아냈던 사이한 한빙공의 고수가 이미 주루 밖으로 도 망간 걸 눈치챘기 때문이다.

그사이 이현을 공격했던 무사들은 어느 정도 몸을 추스르 는 데 성공했다.

스슥!

스스스슥!

그들은 다시 살벌한 기운을 뿜어내며 이현을 에워쌌다. 이 미 이현이 자신들이 감당키 어려운 고수임을 알고 있음에도 절대 물러서거나 도망칠 생각이 없어 보인다.

이현이 그들의 결사적인 모습을 살피고 맨 처음 제압한 황 포 사나이를 바라봤다. 그가 바로 무사들이 결사항전을 불태 우는 이유임을 눈치챈 것이다.

'그냥 평범한 젊은이인데?'

의혹에 빠진 이현에게 주목란이 친절하게 말해줬다.

"13황자예요."

'13황자?'

이현이 안력을 높여서 황포 사나이를 세세하게 살펴봤다. 조금 더 정확히 말하자면 그의 황포에 은은하게 수놓아져 있 는 황룡의 문양을 확인했다.

'이런!'

내심 혀를 찬 이현이 얼른 현천건강기를 수장에 담아서 쓰러져 있는 13황자의 몸을 추궁과혈했다. 13황자의 몸에 깃든 현천건강기를 수장을 통해 지남철처럼 도로 빨아들였다.

부르르!

13황자가 몸을 가볍게 떨더니 의식을 회복했다. 현천건강기로부터 풀려났는데도 좀 멍한 상태인 것 같다. 눈을 몇 차례나 깜빡거리며 어리둥절한 표정이다.

주목란이 그의 곁으로 다가가 다정하게 손을 잡아줬다.

"덕룡아, 언제 북경으로 돌아온 것이냐?"

"모, 목란 누님, 그것이……."

"아니, 됐다. 그보다 어디 얼굴 좀 보자꾸나. 그동안 청년이 다 됐구나?"

주목란이 13황자 주덕룡의 뺨을 양손으로 어루만지며 활짝 웃어 보였다.

第三章

신무문에서의 재회

　황실의 무수히 많은 황친들 중에서도 13황자 주덕룡은 주목란과 어려서부터 꽤나 친했다.

　주목란은 당금 황제가 무척 예뻐하긴 했으나 군주의 신분이었고, 주덕룡은 13번째 황자로 황위 서열 최하위나 다름없었다.

　게다가 주덕룡은 태어날 때부터 몸이 허약했다.

　일 년 중 대부분을 병치레로 보내곤 하는 그와 주목란은 자연스럽게 친해졌다. 두 사람 모두 황실의 권력 싸움과는 인연이 없는 처지라서 순수한 관계를 유지할 수 있었다.

주덕룡이 낯을 붉히며 주목란의 손을 밀쳐냈다.

"저도 올해로 스무 살입니다! 그런데 목란 누님은 여전히 절 어린애 취급하십니다!"

"이거 실례했네요. 13황자 저하!"

"또 놀리신다!"

정색을 지으며 소리치는 주덕룡을 바라보며 주목란이 즐거운 미소와 함께 이현을 소개했다.

"내 호위무사 어때?"

"목란 누님의 호위무사였습니까? 그렇다면 금의위?"

"아직은 아냐. 하지만 곧 금의위에 들어올 거야. 이번에 열리는 어전비무대회에 출전할 거거든."

"흐으음!"

주덕룡이 미심쩍은 표정으로 이현을 살피며 눈살을 찌푸려 보았다. 조금 전 주목란을 발견하고 다가가던 자신을 이현이 공격한 사실을 떠올렸기 때문이다.

"목란 누님의 호위무사치고는 행동이 방자하구나!"

"죄송합니다!"

이현이 얼른 고개를 숙여 보이며 용서를 구했다. 상대는 당금 황제의 아들인 13황자였다. 제아무리 오만한 이현이라 해도 먼저 공격을 한 이상 고개를 숙이지 않을 수 없었다.

'그런데 13황자라고? 황제는 참 정력도 좋군. 자식을 도대체

몇 명이나 둔 거야?'

이현이 내심 혀를 내두르고 있을 때 주덕룡이 오만한 표정으로 냉소했다.

"흥! 죄송? 단지 그런 말로 끝날 것 같으냐! 네가 감히 황자인 날 공격했으니, 구족지멸을 당해도 억울하다고 할 수 없을 것이다!"

"거기까지만! 내 호위가 북경에 처음 와 긴장한 탓에 벌어진 일이니 황자 저하께서 좀 봐주도록 해!"

"목란 누님, 하지만 이자는……."

"내가 어전비무대회에 출전시킬 자라고 했잖아!"

주목란이 살짝 언성을 높이자 주덕룡이 다시 얼굴을 붉히고 입을 다물었다. 어려서부터 친했을뿐더러, 금의위의 진무사인 주목란에게 반항할 수 없었기 때문이다.

그래도 황자의 자존심이 있다.

그가 여전히 고개를 숙이고 있는 이현을 향해 차갑게 말했다.

"이번엔 목란 누님의 체면을 봐서 그냥 넘어가겠다! 어차피 어전비무대회에 출전한다면, 남은 목숨이 얼마 남지 않았을 테니까!"

'어전비무대회? 승부만 겨루는 게 아니었나?'

이현이 내심 의구심을 느끼는 사이 주목란과 몇 마디 인사를 나눈 주덕룡이 호위무사들과 함께 주루를 떠나갔다. 오랜만에 만난 주목란 앞에서 망신을 당했다는 생각에 기분이 무척 나빠진 듯하다.

이현이 그제야 굽혔던 허리를 폈다.

툭툭!

허리를 손으로 두드리는 이현을 향해 주목란이 살짝 미소 지어 보였다.

"용케도 참으셨네요."

"황자 저하를 몰라보고 결례를 범했으니까요."

"단지 그 이유 때문인가요?"

"글쎄요?"

이현이 모호한 대답과 함께 시선을 주루의 창문 쪽으로 던졌다.

그 원형의 창밖으로 비둘기 한 마리가 빠르게 날갯짓을 하고 있었다.

'다리에 연통이 달린 걸 보니 전서구로군.'

이현이 초인적인 안력으로 비둘기의 다리에 달린 작은 원형통을 확인하고 살짝 눈살을 찌푸렸다.

검치 노철령!

제국의 늙은 거인이 자신을 북경으로 불러온 이유가 슬슬 이해가기 시작했다.

이곳 북경은 현재 마계(魔界)였다.

언제 대란이 벌어져도 이상하지 않을 풍운의 기운이 시큼하게 이현의 코끝을 자극해 오고 있었다.

'시큼? 그렇다기보다는 달짝지근한데?'

이현이 창문에서 시선을 떼고 고개를 돌리다 반색이 되었다.

어느새 한상 가득히 나온 각종 산해진미!

이현이 평생 단 한 번도 본 적이 없을 정도로 화려하고, 다채롭고, 풍족하다.

"와!"

이현이 진심을 담아서 감탄성을 터뜨리자 주목란이 손짓해서 자기 앞에 앉게 한 후 말했다.

"제가 북경에 왔으면 오리구이를 먹어봐야 한다고 했죠?"

"이건 오리구이 정도가 아닌 것 같습니다만?"

"맞아요. 이 대가가 제 청을 들어주셨으니, 오리구이 정도론 안 되죠."

"그럼 이건?"

"만안전석이에요. 본래 황제 폐하의 연회에나 오르는 건데, 제가 특별히 주문했죠. 뭐, 이래봬도 전 황족이니까요."

"황제 폐하가 드시는 요리란 겁니까? 이게?"

"설마요? 실제로 황실 연회에 올려지는 만안전석은 이거의 열 배쯤 돼요."

"여, 열 배?"

"가짓수로는요. 오늘 마련된 만안전석은 그중 맛있는 걸로만 특별히 추린 거예요. 어차피 우리 두 사람이 이 많은 요리를 몽땅 먹을 순 없을 테니까요."

"하긴."

이현이 근래 보기 드물 정도로 활짝 웃어 보이고 젓가락을 집어 들었다. 조금 전까지 머릿속을 어지럽혔던 몇 가지 일들.

이미 말끔히 사라졌다.

일단 배를 채운 후 생각하기로 했다.

＊　　　　＊　　　　＊

탁!

동창 지밀대주 유청요가 다구를 탁자 위에 내려놨다.

평소와 달리 조금 동작이 거칠다.

"방금 전멸이라고 했나?"

유청요의 날이 선 반문에 사신 운종이 머리를 바닥에 박은 채 말했다.

"면목 없습니다!"

"갑조의 애들을 보냈을 터인데?"

"갑조 중에서도 상급의 아이들을 추려서 보냈습니다."

"그런데도 전멸을 당했다?"

"혹시라도 중간에 착오가 있을까 싶어서 지밀사객들을 파견했습니다만 결과는 다르지 않았습니다."

"어떤 놈들의 짓이더냐?"

"죄송합니다!"

유청요의 눈에서 시퍼런 기운이 일어났다.

"설마 아직까지 흉수들의 파악조차 하지 못했다는 것이냐!"

"시신들의 손상이 심각해서 흉수의 수법이 무엇인지 밝혀낼 수 없었습니다. 하지만 한 가지는 분명합니다."

"무엇이더냐?"

"갑조를 전멸시킨 흉수는 숭인학관과 관련이 있다는 것입니다. 그리고 그곳에서 지밀사객들은 북궁세가주의 둘째 아들을 발견할 수 있었습니다."

"어째서냐?"

"북궁세가주의 둘째 아들은 태어날 때부터 병약해서 무학을 연마할 수 없었다고 알려졌습니다."

"그러니 글공부라도 시켜서 사람 구실을 하게 만들겠다?"

"그런 의도로 숭인학관에 유학을 시킨 것 같은데, 제법 공부를 잘해서 이번에 섬서성에서 치러진 식년과를 우수한 성적으로 통과했습니다."

"서안성에서 주목란 군주가 데리고 온 학사보다 더 유능한 인재란 뜻이로군."

"성적으로만 보면 그렇습니다."

"그런데 주목란 군주는 북궁가의 수재 대신에 정체조차 알려지지 않은 백면 학사를 북경으로 데려왔다는 것이로군."

"게다가 얼마 전 주목란 군주가 머물고 있던 금의위의 안가에 검치 노야께서 잠시 들르셨다는 첩보가 입수되었습니다."

"두 사람은 사사롭게는 사제지간이니 만남을 갖는 게 이상한 일은 아니야."

"그렇습니다. 하지만 하필이면 당시 그곳에는 예의 학사를 대동하고 있었다고 합니다."

"뭐?"

유청요의 눈빛이 다시 번뜩였다.

동창의 정보를 한 손에 틀어쥔 수장으로 보내온 세월이 만들어낸 직감!

갑자기 유청요의 뇌리를 스쳐간다.

"주목란 군주가 데려온 학사의 이름이 어찌 되지?"

"이현이라 합니다."

"이현? 설마……."

"마검협은 아닙니다."

"…확실할 테지?"

"예, 마검협은 내년에 화산에서 벌어질 비검비선대회 때문에 종남파의 조사동에서 폐관수련 중입니다. 게다가 속하 역시 학사의 이름을 듣고, 혹시나 하는 마음에 서안으로 사람을 보내서 용모파기를 확보했습니다."

유청요가 손을 내밀자 운종이 얼른 품에서 용모파기를 건넸다.

"확실히 무림 중에 알려져 있는 마검협치곤 너무 젊군."

"게다가 일생일대의 대결을 앞둔 마검협이 어찌 대과 따윌 치르고 있겠습니까?"

"자네답지 않게 지나치게 흥분하는군?"

"마검협은 천하제일인에 도전하는 당대 제일의 무인 중 한 명입니다. 만약 공직에 몸담지 않았다면 그가 출종남천하마검행을 할 때 반드시 한차례 싸워봤을 겁니다."

"자신은 있나?"

"최소한 쉽게 지지는 않을 거라 생각합니다."

"과연 지밀대의 사신다운 말이로군."

미미하게 고개를 끄덕여 보인 유청요가 다시 이현의 용모파기를 살피다 말했다.

"그래도 세상일이란 건 모르는 법! 주목란 군주 쪽에 자네가 직접 가보도록 해!"

"노야의 심기를 거슬리는 짓이 될 수도 있습니다!"

"그러니 자네한테 가보라 하는 거야. 아무래도 주목란 군주가 요즘 칠황야 일파와 벌이고 있는 세력 싸움이 우리 지밀대의 미래를 좌우할 것 같거든."

"존명!"

유청요를 한 차례 바라본 운종이 얼른 복명했다.

동창 제독태감 검치 노철령!

동창과 환관들의 살아 있는 신으로 군림하던 창천의 태양이 서서히 낙조를 드리우기 시작했다. 그의 오른팔이자 동창 최고의 정보력을 지닌 지밀대주 유청요가 오랜 침묵 끝에 차가운 야심을 드러낼 정도로 말이다.

다행스럽달까?

운종은 아주 오래전부터 지밀대주 유청요에게 자신의 모든 걸 의탁한 터였다. 그가 오랜 고민 끝에 결정을 내렸으니, 의심 없이 따르기만 하면 된다고 생각했다.

*　　　　*　　　　*

지난 며칠간 이현은 주목란과 함께 신나는 북경 요리 여행을 즐겼다.

검치 노철령의 부탁을 절반쯤 억지로 떠맡은 후 주목란은 그를 아주 극진하게 접대했다. 아주 옆에 찰싹 달라붙어서 생글거리며 온갖 비위를 다 맞춰주었다.

그야말로 신선놀음이 따로 없는 상황!

덕분에 이현은 며칠 사이 살짝 후덕해졌다.

한 자루 보검처럼 단련됐던 마검협의 몸이 어려진 것에 더해 뱃살까지 잡히는 체형으로 변모해 버린 것이다.

"흐읍!"

이현은 전신을 비출 만큼 큰 동경 앞에 서서 상반신 전체에 힘을 줬다. 내공을 일으키자 금세 후덕하던 몸이 과거의 잘 단련된 근육을 드러낸다. 그러나 그것도 잠시뿐.

이현이 내공을 거둬들이자 다시 그의 상반신은 후덕하게 변했다. 탄탄한 복근 위로 두둑한 살덩이들이 넘실거리고 있었다.

"나쁘지 않은 걸?"

이현은 자신의 뱃살을 살짝 손바닥으로 어루만지고 옷을 입었다.

그동안 그는 주목란을 따라다니며 혀가 녹을 정도로 맛있는 것을 잔뜩 먹었다.

그렇게 찌워진 살이다.

기분 나쁠 리 없었다. 오히려 될 수 있으면 조금쯤 더 찌우고 싶은 심정이었다.

그도 그럴 것이 이현은 어려서부터 지나칠 정도로 금욕적으로 살아왔고, 자기 자신을 학대했다. 다른 어떤 즐거움도 외면한 채 오로지 무학의 극치를 이루기 위한 길에 매진해 온 것이다.

그러니 이런 즐거움!

조금 더 누리고 싶었다. 되도록 길게 이런 상태가 유지되길 바랐다.

'너무 사치스러운 생각이었군.'

이현은 방을 빠져나오다 시비 연홍의 손에 들려 있는 붉은색 봉투를 보고 뒤통수를 긁적였다. 생각보다 일찍 어전비무대회에 출전하는 날이 왔기 때문이다.

어전비무대회 초청장!

이현의 초인적인 시선은 봉투에 적혀져 있는 흐릿한 글귀를 읽을 수 있었다.

"주 군주님께서 보내신 걸 테지?"

"예, 공자님."

여느 때와 달리 공손한 대답과 함께 연홍이 빠른 걸음으로 다가와 이현에게 초청장을 건넸다.

슥!

이현이 대뜸 품 안에 초청장을 쑤셔 넣었다. 안의 내용이야 뻔한 것일 터. 굳이 꺼내서 확인해 볼 필요성을 느끼지 못한 것이다.

연홍이 살짝 놀란 표정을 짓더니, 은근한 목소리로 말했다.

"곧바로 자금성으로 떠나셔야 합니다."

"가지 뭐."

태연한 이현의 대답에 연홍이 조심스럽게 첨언했다.

"주 군주님께서는 금의위의 진무사란 신분 때문에 이 공자님과 이번 비무대회 동안 함께하실 수 없습니다. 해서……."

"연홍 소저가 날 비무대회 동안 수행하겠구려?"

"…예, 그렇습니다."

"여태까지처럼 잘 부탁하겠소."

이현이 평소와 달리 연홍에게 공수해 보였다. 청연장에 머무는 동안 줄곧 지근거리에서 수발을 들어줬던 눈앞의 여인.

당연히 평범한 시비일 리 만무하다.

금의위!

그곳에서도 꽤나 고위의 위치에 있는 고수이자 주목란의 심복임에 틀림없었다.

'그것도 양홍걸이란 위사처럼 겉으로 드러난 게 아니라 그

림자에 속하는 비선 중 한 명일 거야. 그렇지 않다면 그 꼼꼼한 주 군주가 내게 붙여 놨을 리 없으니까.'

새삼스럽게 연홍을 살펴본 후 이현이 슬쩍 배를 어루만졌다. 그러자 연홍이 미소와 함께 말한다.

"도시락은 미리 싸놨으니, 염려 마세요."

"과연!"

이현이 연홍을 향해 엄지손가락을 추켜올렸다. 역시 주목란이 붙여준 여인답게 유능하다는 판단이었다.

잠시 후.

북경에 도착한 후 줄곧 머물러 있던 청연장을 떠난 이현은 연홍의 안내를 받아 자금성으로 향했다.

자금성!

황천의 주인인 천자가 기거하는 이곳은 정난으로 황제에 오른 영락제 시절에 지어졌다. 연간 20만 명의 인원이 14년에 걸려 완공시켰다고 한다.

황제의 권력과 위엄을 상징하기 위해 설계된 자금성은, 천제(天帝)의 거처와 동등한 지상의 등가물이라 여겨졌다. 자금성이라는 이름은 황제의 허가 없이는 그 누구도 안으로 들어

오거나 나갈 수 없다는 걸 의미한다.

각 변에 주 성문이 네 개나 있는 직사각형 모양의 건물 단지 외곽에는 깊은 해자가 있고, 그 안쪽으로 드높고 두터운 벽에 둘러싸여 있었다.

그야말로 외관만 봐도 압도될 만큼 어마어마한 규모!

그 안에는 약 800채의 건물과 8,880개의 방이 존재하는데, 일각에선 방의 개수가 9,999개라고도 한다. 이 건물들 중에 다섯 채의 커다란 전당과 열일곱 채의 궁전이 있었는데, 자금성은 크게 두 지역으로 구분되었다.

남쪽 구역, 즉 '전조(前朝)'는 황제가 매일 정무를 보는 곳이었고, 황제와 그 가족이 거주하는 북쪽 구역은 '내정(內廷)'이라 일컬어졌다.

"…그리고 이런 자금성의 지붕은 보시다시피 전통적인 황제의 색깔인 노란색으로 칠해져 있답니다. 앞서 말한 바와 같이 이런 자금성의 성벽 주위 네 방위에는 각각 한 개씩의 궁문이 있는데, 우리는 북쪽에 있는 신무문(神武門)을 통해 내궁으로 들어갈 거예요."

"……"

"이 공자님!"

연홍이 빽 소리치자 이현이 비로소 그녀에게 시선을 던졌다. 기가 막힐 정도로 정확하게 북경의 중심부에 위치한 자금성의 방위를 신경 쓰느라 살짝 정신이 딴 곳에 가 있었던 것이다.

연홍이 말했다.

"이 공자님, 자금성은 황제 폐하께서 계시는 장소예요. 만약 제 설명을 귀담아듣지 않고 청연장에서처럼 함부로 행동하시다간 제아무리 이 공자님이 대단한 고수라 해도 살신지화를 면치 못하게 되실 거예요."

"그럼 이런 건 미리 알려줬으면 좋았지 않소?"

"어찌 조정의 녹을 받는 신하로서 황제 폐하께서 계시는 자금성에 대한 정보를 함부로 밖에 누설할 수 있겠어요?"

'그럼 지금은?'

이현이 의문을 품은 채 바라보자 연홍이 마치 속내를 읽은 듯 말했다.

"현재 이 공자님은 어전비무대회의 참가자세요. 이미 황제 폐하의 녹을 받는 위치가 되었다고 할 수 있으니, 자금성에 대해 설명해 드릴 수 있는 거예요."

"이미 녹을 받는 위치가 되었다니, 그건 무슨 뜻이오?"

"말 그대론데요?"

"그 말 그대로가 어떤 그대로냐는 말이오?"

이현의 표정이 살짝 심각해지자 연홍이 인상을 찌푸리며 말했다.

"어전비무대회에 참가하는 무사들은 우승자가 나올 때까지 모두 임시지만 황실의 금의위 소속이 되는 걸 모르셨나요?"

"몰랐는데."

"그럼 녹봉은요?"

"녹봉?"

"예, 어전비무대회는 보통 5일에서 6일 정도 치러지는데, 그동안 사망하거나 치명적인 부상을 당하는 자들이 무척 많아요. 한쪽이 완전히 패배를 인정해야만 승패가 갈리거든요. 그래서 참가자 전원에게 꽤 많은 녹봉을 지급해요. 위험수당 또는 위로금이라고 생각하시면 돼요."

"그런데 나한테는 그 녹봉이 왜 지급되지 않은 건데?"

슬슬 험악해지려는 이현의 표정을 물끄러미 바라보던 연홍이 고개를 갸웃해 보였다.

"진무사님께서는 이 공자님은 이미 녹봉을 받으셨다고 하셨어요. 다시 한번 잘 생각해 보세요."

"주 군주가 그렇게 말했다고?"

"예."

연홍이 대답과 함께 고개를 끄덕여 보이자 이현이 고뇌 어린 표정을 짓다가 불현듯 입을 벌렸다. 그동안 주목란이 자신을 끌고 돌아다녔던 북경의 음식점들을 떠올린 것이다.

당시 그녀는 몇 번이나 이현에게 고맙다고 했다.

칭찬도 꽤 자주했다.

그때 이현은 그냥 어전비무대회에 참가하겠다고 응낙한 것에 대한 인사치레라 생각했다. 그 외엔 딱히 주목란에게 인사받을 일이 없었기 때문이다.

'그런데 그냥 단순히 나한테 얻어먹는 걸 고맙다고 했던 건가?'

이현은 갑자기 뒤통수가 얼얼해졌다.

주목란에게 아주 세게 한 방 얻어맞았다는 생각이 들었다.

그러나 어차피 엎어진 물이었다.

그동안 자신의 걸쭉한 피가 되고, 늘어진 뱃살이 된 북경의 산해진미들을 떠올리며 이현은 뒤통수를 긁적였다. 어차피 이렇게 된 거 옛 친구인 주목란에게 한턱 톡톡히 냈다고 생각하기로 마음먹은 것이다.

그때 두 사람에게서 그리 멀지 않은 곳에서 독특한 기도의 무사 한 명이 모습을 드러냈다. 똑바로 신무문을 향해 걸어오고 있는 모양새가 또 다른 어전비무대회 참가자임이 분명했다.

'조준, 저자가 어째서 이곳에 나타난 거지?'

이현과 거의 동시에 조준 역시 그의 존재를 알아챘다.

그의 입가에 문득 미소가 매달린다.

"이런 곳에서 만나게 될 줄은 몰랐다."

"또 말이 짧다?"

"그래서 또 때릴 건가?"

도발적인 조준의 말에 이현이 이빨을 꽉 깨문 채 웃음을 지어 보였다.

"여기선 아니야."

"그렇군."

"뭐가 그렇군이냐?"

"너는 어전비무대회에 참가자다!"

"나만 참가하는 건 아닌 것 같은데? 어쩌다가 명왕종의 제자가 조정에 입조할 생각을 한 것이지?"

"어쩌다 보니."

"어쩌다 보니……."

이현은 조준을 주먹으로 한 대 치고 싶었다. 그것도 아주 아프게.

그러나 이곳은 자금성이었다.

곧 황제가 친견하는 비무장에서 만나게 될 것이 분명한 조준을 구타할 순 없었다. 아무리 기분이 언짢더라도 말이다.

'게다가 녀석에게는 물어볼 게 있다.'

내심 눈을 빛낸 이현이 말했다.

"숭인학관은 어찌 됐냐?"

"네 부탁대로 숭인학관은 안전하다. 북궁창성이 북궁세가의 무사들을 이끌고 왔으니까 목연 소저를 걱정할 필요는 없을 것이다."

"내가 목 소저를 왜 걱정해!"

이현이 살짝 목청을 높이자 조준이 태연한 표정으로 말했다.

"그러면 너는 목연 소저를 중요하게 생각하지 않는 것이냐?"

"그건 아니지만……."

"그럼 더 이상 딴소리는 그만해. 내가 네 부탁을 들어줬던 건 목연 소저가 중요한 사람이라 생각했기 때문이니까."

"…으득!"

이현이 악문 이를 갈았다. 조준과 대화를 나눌수록 자신만 손해를 보는 것 같았기 때문이다.

그때 연홍이 끼어들었다.

"이 공자님, 우리 이젠 가봐야 해요!"

"알겠소."

이현이 대답과 함께 살짝 조준을 쏘아봤다. 그러자 그가 어깨를 한차례 추켜 보인다.

"유감이 있다면 언제든지 손을 써라!"

"그 말 잊지 말아라."

"지금 당장 손을 쓰지 않을 생각인가?"

"그래."

"그럼 나중에 보자."

그 말을 끝으로 조준이 이현을 지나쳐 신무문으로 빠르게 걸어갔다.

신법?

그런 것을 펼치지 않았는데도 그의 신형은 어느새 신무문 저편으로 사라졌다. 흡사 땅을 접어서 달린다는 도가의 축지법을 펼친 것 같은 모습이었다.

연홍이 다시 이현을 재촉했다.

"이 공자님, 더 이상 시간을 끌면 안 돼요! 지금 당장 가야 한다구요!"

"그럽시다."

이현이 대답과 함께 연홍을 따라 신무문으로 향했다.

조준과의 재회!

과연 이것은 우연인 것일까? 아니면 필연?

문득 대막의 광활한 사막을 헤매던 때가 떠오른다. 무림에 전설같이 전해지는 무적자를 찾아서 무작정 장성을 넘었던 그때의 일이 말이다.

*   *   *

창룡전.

자금성의 엄청나게 많은 건물 중 한 곳.

사실 이곳의 존재를 알고 있는 자는 자금성 내에서도 그리 많지 않았다. 무수히 많은 궁녀와 환관이 있으나 오로지 동창의 몇 명만이 드나들 수 있는 장소였기 때문이다.

달그락! 달그락!

두 개의 호두를 손에 쥐고서 요리조리 돌려대고 있는 노환관을 향해 금갑전포를 걸친 삼십 대 초반의 무장이 눈살을 찌푸려 보였다.

'건방진 환관 녀석! 감히 날 불러놓고 시간을 끌고 있다니!'

금갑전포의 무장!

그는 금의위에서 주목란과 어깨를 나란히 하는 또 다른 진무사 무적철혈도 팽무군이었다. 하북팽가의 오호단문도를 스물이 되기 전에 완성했다고 알려진 초기재이자 소가주!

후일 팽가의 가계를 이어야 하는 몸임에도 그는 젊은 나이에 금의위에 투신하여 십여 년 만에 2인자인 진무사에 올랐다. 그동안 이룬 혁혁한 공적으로 인해 차대 금의위 수장인도독 겸 장관, 대영반의 강력한 후보로 꼽히고 있는 인재 중의 인재였다.

그러니 그의 자존심이 어떻겠는가!

말 그대로 하늘을 찌를 정도라는 표현이 적당할 것이다.

현 대영반인 주자병조차 그는 안중에 두지 않은 지 오래되었다. 그가 본래 동등한 입장이라 할 수 있는 동창의 제독태감 검치 노철령의 명령을 받는 심복이자 하수인에 불과하다고 생각하고 있었기 때문이다.

마찬가지의 이유로 팽무군은 동창에 대해서도 썩 좋은 감정이 없었다.

동창과 금의위!

세상은 이 둘을 합쳐서 '창위'라 부르면서 경외와 공포를 동시에 느낀다. 황권을 등에 짊어진 창위의 권력은 그만큼 상상을 초월할 정도로 강력했다.

그래서 역대 황제들은 항상 동창과 금의위에 충성 경쟁을 시켰다. 두 세력의 수장을 항상 다른 계열로 앉힌 후에, 돌아가며 서로가 서로를 감시하고 경계하도록 했다. 그렇게 함으로써 창위의 강대한 힘이 황권의 수호자로서만 남을 수 있게하려는 의도였다.

하나 그 같은 동창과 금의위의 팽팽한 긴장 관계는 오십여년 전에 깨졌다. 동창에서 불세출의 영웅인 검치 노철령이 등장해서 금의위를 아예 복속시켜 버렸기 때문이다.

그 결과, 금의위는 동등한 위치의 사정기관에서 지금처럼 동창에게 굽실거리는 신세가 되었다. 전대 황제들의 창설 의도와는 달리 동창에 대한 감시와 견제를 전혀 하지 못하는 하부조직이 된 것이다.

'물론 그건 현 대영반까지의 일일 뿐이다. 차대에 내가 금의위를 완전히 장악하게 된다면 다시 그런 일은 벌어지지 않을

것이다!'

내심 눈을 빛낸 팽무군이 노환관 명공에게 말했다.

"공공, 소관은 곧 위무관에서 벌어질 어전비무대회의 준비로 바쁩니다. 공공도 아시다시피 이번 어전비무대회는 제독태감 어르신께서 직접 챙기시는 행사입니다."

"호호, 내가 그런 것도 모른다고 생각하는 것이오?"

"그럴 리 있겠습니까? 공공이 제독태감 어르신의 오른팔이라는 건 황실에 있는 사람이라면 누구나 아는 사실인 것을요."

"하면 어째서 그런 쓸데없는 말로 간을 보는 것인가? 어차피 몇 년 전부터 검치 노야께서는 어전비무대회에 모습을 드러내지 않으셨고, 황제 폐하께서 친견하는 건 우승자가 가려지는 결승전뿐인 것을."

'그야 늙은 환관, 네 역겨운 면상을 더 이상 보기 싫어서이지 않겠느냐!'

내심 서늘하게 명공을 노려본 팽무군이 겉으론 더욱 정중하게 말했다.

"공공의 말씀이 참으로 지당하십니다. 하나 소관은 이번 어전비무대회를 처음으로 총괄하게 되었습니다. 검치 노야와 대영반께서 명령한 일인 만큼 어찌 한 치의 어긋남인들 용납할 수 있겠습니까?"

"말 한번 잘했네!"

슬쩍 팽무군의 말에 맞장구를 친 명공이 수중의 호두를 다시 달그락거리곤 웃어 보였다.

"호호, 그런데 말일세. 이번 비무대회의 참가자 중에도 독특한 자가 끼어 있더군."

"독특한 자라니, 누굴 말씀하시는 겁니까?"

"조준이라 했던가?"

팽무군의 어깨가 미세하게 들썩거렸다. 순간적으로 팽가의 오호단문도 중 가장 빠른 초식인 오호섬을 펼칠 뻔했다.

그만큼 놀랐다.

명공의 입에서 조준이란 이름이 흘러나온 것에.

그러나 달리 팽무군이 금의위에서 진무사까지 고속 승진한 것이 아니다. 그는 강력한 무공과 심기를 동시에 갖추고 있었다. 호락호락하게 속내를 겉으로 드러내지 않는 것이다.

"확실히 그런 자가 예선 명단에 포함되어 있었던 것 같습니다. 중원이 아니라 대막 출신이긴 하나 무공이 꽤나 고강하여 이번 어전비무대회에 참가할 자격은 충분하다고 하더군요."

"호호, 그런가? 하긴 어전비무대회는 오로지 무공 실력만을 겨룰 뿐. 과거나 은원, 소속 문파나 출신 따윈 전혀 개의치 않는 게 전통이긴 하지."

"공공의 말씀이 옳으십니다."

"하나 조준이란 자는 말일세……."

"……."

팽무군은 은연중에 내력을 운기했다. 조금 전에 중단했던 오호섬을 은밀히 준비했다. 명공을 이 자리에서 죽여서 살인멸구할 작정을 한 것이다.

그러자 명공의 입가에 다시 미소가 떠올랐다.

"호호, 날 죽일 생각을 했구만. 황호령주?"

"공공!"

팽무군이 얼른 내력을 일으켜서 기막을 형성시켰다. 두 사람이 함께하고 있는 공간을 무형의 진기로 에워싸서 소리를 완전히 차단했다.

명공이 고개를 갸웃거렸다.

"호오? 벌써 방 하나 크기만큼이나 진기를 확장시킬 수 있게 되었는가? 과연 하북팽가 역사상 손꼽히는 천생무골이란 말이 틀리지 않는 것일 테지."

"시답지 않은 말 따위로 시간을 낭비하지 말고, 당장 정체를 밝혀라!"

"내 정체?"

손가락으로 자신을 가리키며 몸을 한차례 으쓱해 보인 명공의 얼굴에서 갑자기 웃음기가 사라졌다.

"황호령주, 현사 어르신께서 얼마 전 불구가 되신 걸 아시는가?"

"현사의 사람이라고 주장하는 것이냐?"

"꽤 오래되었지."

명공이 무심한 대답과 함께 품속에서 흑목단으로 된 작은 영패를 꺼내 보였다.

신마맹을 상징하는 영패!

흑목단에 또렷하게 양각되어 있는 세 마리의 흑마를 살핀 팽무군의 눈이 이채를 발했다.

흑마는 신마맹의 총군사인 현사를 뜻한다.

그의 휘하에 있는 자들은 각기 영패에 있는 말의 숫자로 위치를 짐작할 수 있는데, 세 마리라면 꽤 고위직이었다. 적어도 총군사인 현사에게 직접 명령을 받을 수 있는 위치라 할 수 있는 것이다.

'하지만 어째서 철목령주의 일로 자숙 중인 현사가 이번 일에 끼어든 것이지?'

내심 의구심을 느끼면서도 팽무군은 살기를 가라앉혔다. 현사의 위치는 신마맹에서도 존귀하여 신마맹주의 바로 아래라 할 수 있었다. 비록 십팔령주가 독자적인 영역을 인정받고 있다 하나 함부로 할 수 없는 존재였다.

"현사는 과연 놀랍군. 검치 노철령의 곁에 자신의 사람을 붙여 놓을 생각을 했다니 말이야."

"현사 어르신은 검치보다 훨씬 용의주도한 분이시네. 그런데 황천에서 은인자중하던 황호령주에게까지 현사 어르신께서 맹주님께 형벌을 받은 사실이 이미 전달되었군."

"흥! 현사의 실책으로 인해 철목령주는 사망했고, 신궁령주는 마궁철기대와 함께 심각한 피해를 입었다고 들었다. 그 정도 대실패를 하고서 아직까지 목숨이 붙어 있다니, 과연 현사의 용의주도함은 대단하다고 할 수 있겠군."

"거기까지 알고 있다니, 말하기가 쉽겠군. 황호령주, 현사 어르신에게 힘을 실어줘야만 하겠네."

"내가 왜?"

어처구니없다는 표정을 짓는 팽무군을 향해 명공이 다시 예의 웃음을 지어 보였다.

"호호, 현사 어르신은 황호령주, 자네의 모든 걸 알고 있다네. 맹주님이 십팔령주들을 회유할 때 모든 계획과 정보를 현사 어르신을 통해 얻으셨으니까."

"감히!"

第四章

천멸사신을 죽여주시오!

    팽무군이 다시 살기를 일으키며 허리에 매달린 패도를 절반쯤 빼 들다 이를 악물었다. 명공의 미동조차 없는 시선을 보고 그가 한 말이 모두 사실이라는 걸 깨달은 것이다.

    명공이 말했다.

    "역시 황호령주와는 말하기 쉬워서 좋아. 현사 어르신의 명령을 전달해도 되겠나?"

    "말해!"

    거친 팽무군의 대답에 개의치 않고 명공이 말했다.

    "황호령주는 이번 어전비무대회에 참가한 조준을 죽여주면 되네. 되도록 검치 노철령과 얽는 방식이 좋겠지?"

"조준을 죽이라고! 그의 신분을 알고 있는 것인가?"

"천멸사신! 바로 맹주님이 애지중지하는 유일한 혈육이지."

"그런데도 그런 짓을 저지르려 하다니, 현사는 미친 것인
가?"

"글쎄, 나로서는 현사 어르신의 속내를 알기란 불가능한 일
이라네. 하지만 팔과 다리 하나씩을 맹주님한테 잘렸으니, 제
정신이 아닐 수도 있긴 하겠군."

"……."

팽무군은 갑자기 진땀이 나는 걸 느꼈다.

현사와 신마맹주!

모두 팽무군으로선 적으로 돌리고 싶지 않은 존재들이었
다. 그들 사이에 어떤 종류의 알력이 있었는지는 모르지만 절
대 끼어들고 싶지 않았다.

'하지만 이미 현사가 내게 접근한 이상 그가 쳐 놓은 그물
에서 빠져나갈 방법은 없을 것이다. 그 같은 확신이 없다면 절
대로 검치 노철령의 곁에 붙여놓은 심복을 내게 보내진 않았
을 테니까.'

빠르게 상황 판단을 끝낸 팽무군이 인상을 굳히고 말했다.

"현사의 명령은 그것뿐인가?"

"그것뿐이네. 그리고 현사 어르신께서 말씀하시길 이번 일만 확실히 처리해 준다면 황호령주의 모든 기록을 파기하겠다고 하셨네."

"흥!"

차가운 냉소와 함께 기막을 거둔 팽무군이 신형을 돌려 창룡전을 빠져나갔다. 더는 명공과 같은 공간에 남아 있고 싶지 않았기 때문이다.

달그락! 달그락!

명공이 다시 수중의 호두를 굴리기 시작했다.

*　　　　*　　　　*

"쳇! 내 발로 이곳을 찾아오게 될 줄이야!"

악영인은 북경성의 웅장한 모습을 바라보며 나직이 혀를 찼다.

관외의 전신 시절!

그녀는 휘하의 혈사대를 이끌고 몇 번이나 큰 공적을 세웠기에 마음만 먹으면 북경의 병부로 영전할 수 있었다. 산동악가의 후광과 그녀의 빛나는 공적을 통해서 병부의 요직에 오를 수 있는 길이 활짝 열려 있었던 것이다.

그러나 그녀는 상관과 가문 어른들의 권고에도 불구하고 북경으로의 영전 기회를 외면했다.

북경의 관계와 병부!

그녀가 극도로 혐오하는 자의 입김이 강하게 작용하고 있었다.

칠황야 주세민!

그는 자신의 심복을 이용해서 국경선 인근에서 온갖 전횡을 일삼았다. 무수히 많은 군납 비리를 저질러서 고의적으로 북경선 인근을 불안하게 만들었다. 군용물자와 병량을 빼돌리는 바람에 악영인조차 혈사대를 이끌고 약탈 전쟁을 벌일 수밖에 없게 했다.

덕분에 관외 일대의 이민족들은 명군에 대한 감정이 극도로 나빴다. 도화선에 불만 붙이면 대규모의 전쟁이 벌어지기 직전의 상태라 할 수 있었다.

'그래서 관외를 떠날 때, 절대로 북경만은 가지 않을 거라고 결심했건만……'

그렇게 악영인이 인상을 써 보이고 있을 때였다.

북경성의 웅장한 모습을 바라보며 내심 감탄하고 있던 모용조경의 눈에 이채가 어렸다. 저 멀리 북경성 쪽에서 십여 기의 기마가 빠르게 달려오고 있는 모습을 발견했기 때문이다.

'저들은… 금의위다!'

전날 모용조경은 서안성으로 향하던 중에 주목란을 호위하는 금의위와 맞닥뜨린 적이 있었다. 당시 그녀는 그들의 독특한 기질과 기마운용법을 파악했다. 혹시라도 강호를 돌아다니다 다시 그들을 만나면 재빨리 몸을 피하려는 의도였다.

그때 악영인이 나직이 혀를 찼다.

"금의위잖아!"

모용조경이 그를 돌아봤다.

"잘 아시네요?"

악영인이 어깨를 가볍게 추어 보였다.

"명색이 얼마 전까지 군대에서 녹봉을 받던 처지인데, 금의위를 몰라볼 리 없지 않겠소?"

"그렇군요."

미미하게 고개를 끄덕여 보인 모용조경이 말했다.

"어찌할까요?"

"금의위가 황도에서 쉽사리 움직일 리 없지 않겠소?"

"저들의 목표가 우리라고 생각하는 건가요?"

"조금만 기다려 보면 알 수 있지 않겠소?"

"……"

모용조경이 잠시 악영인을 바라보고 다시 고개를 끄덕여 보였다. 그녀의 말이 타당하다고 생각한 것이다.

그러는 동안 금의위의 기마는 두 사람 쪽으로 빠르게 달려왔다.

"저 사람은……."

"양 위사로군."

모용조경과 악영인이 일제히 소리친 것과 거의 동시였다. 기마의 중간쯤에서 양홍걸이 불쑥 튀어나왔다. 서안성에서 주목란을 수행했던 그가 두 사람을 향해 일직선으로 말을 달려온 것이다.

히히히히힝!

두 사람의 바로 앞에서 양홍걸이 말의 고삐를 잡아당겼다. 그러자 맹렬하게 달려온 말이 몇 차례 요동과 함께 멈춰 섰고, 양홍걸이 그 위에서 가볍게 뛰어내렸다.

"두 분, 잠시만 멈추시오!"

악영인이 웃음 띤 얼굴로 공수하며 말했다.

"양형, 오랜만입니다."

양홍걸이 악영인을 향해 미미하게 고개를 끄덕여 보이고 그와 모용조경에게 연달아 공수했다.

"악형! 모용 소저! 진무사께서 두 분을 뵙기를 학수고대하고 계셨습니다."

"예?"

악영인이 어이없다는 표정으로 바라보자 양홍걸이 머쓱하게 웃어 보였다.

"죄송하지만 두 분이 서안을 떠날 때부터 금의위는 줄곧 행적을 탐문하고 있었습니다. 두 분의 양해를 구하지 않은 점, 미리 양해드리겠습니다."

"그건 진무사의 명령 때문인가요?"

"그렇습니다."

"……"

악영인이 눈살을 가볍게 찌푸려 보였다. 주목란의 의도를 파악하기 어려웠기 때문이다.

반면 모용조경은 다른 의미로 아미를 찡그리고 있었다.

'설마 그녀가 아직도 날 황후로 만들려는 마음을 포기하지 않은 건 아닐 테지?'

주목란과의 첫 만남.

결코 잊지 못할 그때에 주목란은 대뜸 모용조경의 미모를 추켜세우며 황후가 될 것을 은근히 권했다. 마치 그녀에 대해서 아무것도 모르는 것처럼 말이다.

그러나 이후 모용조경은 주목란의 놀라운 권력과 이현과의 오래된 관계를 알고 의심을 품게 되었다. 그녀와의 첫 만남이 사실은 의도적인 것으로, 결코 우연이 아니었음에 대해서.

그러니 갑작스러운 황후 권유 역시 의심을 품을 수밖에 없다.

주목란이 모용조경과 이현의 사이를 의심한 것일지도 모른다는 생각이 들었다. 그래서 황후라는 미끼를 던진 후 모용조경이 덥석 물기를 기다리고 있었던 것인지도 모른다는 생각이 들었다.

지나친 비약일까?

무리한 의심일까?

일단 한번 주목란에 대한 의심이 고개를 치켜들자 모용조경은 마음이 크게 혼란스러워졌다. 그만큼 주목란에 관해서 바짝 긴장하고 있었던 것이다.

그때 악영인이 모용조경을 돌아보았다.

"모용 소저, 어찌하고 싶소?"

"예?"

"여기 양형의 말대로 하고 싶은지 묻고 있는 것이오."

그제야 혼자만의 번민에서 빠져나온 모용조경이 한숨과 함께 대답했다.

"하아, 이곳은 북경이에요. 금의위의 진무사께서 명령을 하셨으니, 우리 같은 평범한 백성이 어찌 따르지 않을 수 있겠어요?"

"그럼 모용 소저의 뜻은?"

"일단 따라가도록 하죠."

"알겠소."

악영인이 모용조경의 미묘한 감정 변화를 잠시 흥미롭다는 듯이 살피다 천천히 고개를 끄덕여 보였다.

잠시 후.

양홍걸을 따라서 북경성에 들어선 악영인과 모용조경은 곧바로 거리를 가로질러 명화루로 들어섰다.

이곳은 북경성에 자리하는 무수히 많은 기루 중에서 가장 유명한 곳으로 서안성의 여춘원이라 봐도 무방할 터였다. 그만큼 고관대작이 아닌 자가 함부로 들어설 수 없는 곳인 것이다.

덜컥!

명화루의 머리 기녀이자 주인인 홍엽의 안내를 받아 은밀한 상방의 문이 열렸다.

'아!'

'으음!'

악영인과 모용조경은 내심 가볍게 신음을 흘렸다. 상방의 안쪽에서 그녀들을 기다리고 있는 사람이 주목란 혼자가 아니었기 때문이다.

여전히 수려한 아름다움을 자랑하는 주목란.

그녀의 앞자리에는 평범한 초로의 인물이 앉아 있었다.

동창 지밀대주 유청요!

금의위와 함께 관리들의 저승사자로 일컬어지는 동창의 비선 실세로 검치 노철령의 숨겨진 칼이라 알려지는 자.

그는 방 안으로 들어서는 악영인과 모용조경을 살피고 입가에 흐릿한 미소를 매달았다.

"소신이 미리 약속을 하지 않은 방문이라 주목란 군주님께 실례를 범했소이다."

"유 공공의 방문이라면 언제든 저는 환영입니다. 오늘 제게 들려준 제안은 신중하게 검토해 보도록 하겠습니다."

"좋은 답변을 기다리고 있겠소이다."

유청요가 대답과 함께 자리에서 일어서, 주목란에게 목례를 하고 방을 빠져나갔다. 악영인과 모용조경에게는 일별조차 주지 않는 것이 뭔가 급한 일이라도 있는 것 같은 모습이다.

그렇게 유청요가 방에서 사라진 것과 동시였다.

"재수 없는 새끼!"

'헤에!'

'허억!'

악영인과 모용조경이 살짝 놀란 표정이 되었다.

두 사람 모두 빼어난 무공을 지닌 절정급의 고수라 잠깐 사이에 지나쳐 간 유청요에게서 느껴진 강대한 기운을 쉽사리 알아볼 수 있었다. 강호를 종횡하는 동안에도 몇 명 만나본 적이 없던 강력함을 그는 무형의 기세처럼 온몸에 두르고 있었기 때문이다.

당연히 주목란이 내뱉은 소리를 그가 못 알아들었을 리 없다. 설사 귀를 양손으로 꽉 막고 있었다 해도 똑똑하게 들었을 터였다.

주목란은 개의치 않았다.

두 사람을 향해 생긋 웃어 보인 그녀가 말했다.

"신경 쓰지 마세요. 더러운 변절자에게 내뱉은 말일 뿐이니까요."

'더러운 변절자?'

악영인이 저도 모르게 시선을 돌려서 유청요가 떠나간 방향을 살피고 주목란을 바라봤다.

"혹시 저자 때문에 우리를 부른 겁니까?"

"그럴 리가요!"

주목란이 손사래를 치고 자신의 앞자리를 가리키며 눈짓했다. 앉으라는 뜻이다.

'흠!'

악영인이 내심 눈살을 찌푸리고 앉자 모용조경이 역시 그리했다.

주목란이 묘한 표정과 함께 고개를 갸웃해 보였다.

"두 분, 그동안 꽤 친해지셨군요?"

악영인이 울컥한 표정으로 소리쳤다.

"그럴 리가 없잖습니까!"

모용조경 역시 새침하게 고개를 가로저었다.

"잘못 보신 거예요."

주목란이 고개를 끄덕여 보였다.

"하긴 두 사람은 같은 사람에게 관심을 품고 있으니까 친해
지긴 어렵겠지요."

'우리 두 사람이 같은 사람에게 관심을 품고 있다고?'

'우리 두 사람이……'

잇달아 주목란이 한 말의 의미를 곱씹은 두 사람이 거의
동시에 소리쳤다.

"형님을 말하시는 겁니까!"

"이 공자는 어떻게 하신 거지요?"

주목란이 피식 웃어 보였다.

"역시 제 생각대로군요."

악영인이 말했다.

"뭐가 생각대로라는 겁니까?"

"두 사람이 함께 북경까지 동행한 건 이 대가 때문이라는
생각이요!"

"그건……."

"아닌가요?"

"…누가 아니라고 했습니까! 맞습니다! 저는 형님을 찾아서 북경에 온 겁니다!"

"왜요?"

"그야 대과 때문에……."

"떨어졌잖아요. 식년과."

"……."

악영인의 얼굴이 화악 붉어졌다. 주목란에게 갑자기 아픈 곳을 있는 힘껏 찔리자 일시 머리가 핑하고 돌았다. 전신의 피가 몽땅 얼굴 쪽으로 쏠린 것 같았다.

그러나 그녀는 곧 냉정을 회복했다.

"혀, 형님은 붙었잖습니까! 형님은!"

"그래서요?"

"저는 형님의 시험을 응원하기 위해서 북경에 온 것입니다! 의로 맺어진 동생으로서 의형의 시험 합격을 응원해 줘야 마땅한 게 아니겠습니까?"

"정말인가요?"

"물론입니다!"

"그럼 그렇게 알기로 하죠."

얄밉게 악영인과의 대화를 끝낸 주목란이 이번엔 모용조경을 바라봤다.

"모용 소저도 대과를 보러 오신 건가요?"

"그렇진 않습니다."

"그러면?"

"저는 이 공자님께 요구할 일이 있어서 왔을 뿐입니다."

"뭘 요구하려는 거죠?"

"혼사요."

"예?"

주목란이 당황한 표정을 짓자 모용조경이 내심 기쁨의 미소를 지어 보이며 목소리에 힘을 줬다.

"이 공자님과 제가 서안에서 백년가약을 맺기로 약조한 걸 진무사 대인께서는 모르고 계셨나 보군요?"

"그게 무슨 소리요! 그게 무슨 소리야!"

악영인이 버럭 소리 질렀다. 잠시 가라앉았던 얼굴이 다시 붉게 달아올랐다. 물론 처음과는 완전히 다른 이유 때문이리라.

모용조경이 그녀를 돌아보며 태연하게 말했다.

"어머, 악 공자도 그 같은 사실을 모르고 있었군요? 저는 이 공자와 의형제라기에 이미 우리 두 사람 간에 맺은 약조에 대해서 알고 있을 거라 생각했는데……."

"몰랐소! 몰랐다구! 아니, 그보다 왜 모용 소저 멋대로 그런 일을 기정사실화하는 것이오?"

"기정사실화가 아니라 사실 그대로를 말하는 거뿐이에요. 이 공자는 분명히 제게 혼사를 맺겠다고 약속을 하셨으니까요."

"으악! 으아악!"

악영인이 양손으로 자신의 귀를 막고서 버럭버럭 소리를 질러댔다. 모용조경이 하는 말을 들은 자신의 귀와 고막을 후벼 파기라도 할 것 같은 기세다.

그때 두 사람의 소란을 냉정하게 바라보고 있던 주목란이 툭하고 한마디를 던졌다.

"쳇! 그 인간, 그래서 날 따라서 곧바로 북경에 온 거로군."

모용조경의 시선이 날카로워졌다.

"뭐라고 하셨죠?"

주목란이 어깨를 가볍게 으쓱해 보였다.

"뭐, 신경 쓰지 마세요. 모용 소저와는 그다지 관련 없는 일이니까요."

'크게 관련 있는 일 같은데?'

모용조경의 눈빛이 더욱 날카로워졌으나 주목란은 개의치 않고 갑자기 화제를 돌렸다.

"그래서 말인데, 두 분 이번에 날 좀 도와줘야겠어요."

"예?"

"뭐, 그렇게 질색하는 표정 지을 필요는 없어요. 두 분이 무척 좋아하는 이 대가와 관련된 일이니까요."

"……"

의혹에 찬 표정이 된 두 여인을 향해 주목란이 활짝 웃어
보였다.

             *   *   *

털썩!

눈앞에서 게거품을 물고 무너지는 금의위 위사를 바라보며
이현은 뒤통수를 긁적거렸다.

어전비무대회!

검치 노철령의 요청에 의해 황실 최고의 비무대회에 출전한
이현은 먼저 총 3차로 나뉜 예선을 치러야만 했다. 본선에 출
전하는 자들을 추려내는 예비 단계라 할 수 있겠다. 황실, 그
것도 자금성 안에서 치러지는 비무대회에 허접한 무공을 지
닌 자들이 출전하는 것을 미연에 방지하기 위함일 터였다.

그중 1차 예선은 역시 3단계로 나뉜다.

1단계 : 내공, 외공, 경공 중 가장 자신 있는 절기를 펼쳐 보
인다.

2단계 : 1단계를 통과할 때 펼친 절기 외의 방식을 다시 시험받는다.

3단계 : 금의위에서 나온 위사와 대결을 벌인다. 위사를 상대로 최소한 1백 초 이상을 버텨야만 최종적으로 예선을 통과할 자격을 얻게 된다.

이현은 단숨에 예선 1차 3단계를 통과했다. 1단계부터 3단계까지 거의 한차례 호흡을 가다듬는 동안 통과할 수 있었다.

그리고 곧바로 이어진 2차 예선!

역시 금의위의 위사가 펼친 세 개의 진법을 이현은 한 식경만에 모조리 파훼했다. 그들 중 몇 명은 눈앞에 보이는 것처럼 뼈가 몇 군데쯤 부러져서 바닥을 나뒹굴고 있었다. 생각 이상으로 진법의 수준이 높아서 앞서의 1차 예선처럼 적당히 끝낼 수 없었던 것이다.

'그럼 이제 3차 예선만 통과하면 끝나는 건가?'

이현은 내심 중얼거리며 전신의 근육을 가볍게 풀었다.

크게 신경 쓰지 않았던 예선!

2차만에 갑자기 수준이 쑥 올라갔다.

3차를 임하는 마음이 조금쯤 달라진 것도 무리는 아닐 터였다.

그때 비무대 위에 쓰러진 금의위 위사들 사이로 한 명의 황금 전포 차림의 무장이 모습을 드러냈다.

이현을 향해 날카로운 신광이 번뜩인다.

핏! 피핏! 핏!

닭살?

문득 이현은 전신으로 퍼져가는 소름을 느끼며 눈앞의 전
포 무장을 돌아봤다.

'설마 3차 예선의 상대자인 건가?'

흥미롭다.

굳이 기감을 집중시키지 않고도 알 수 있었다. 눈앞의 전포
무장이 이미 초절정에 근접한 무위를 지니고 있다는 것을 말
이다.

그런데 그런 자가 고작 예선에 나온다고?

이현이 내심 고개를 가로젓고 있을 때였다. 순식간에 비무
대 위로 뛰어올라 성큼거리며 이현에게 다가온 전포 무장이
묵직한 목소리로 말했다.

"대단한 고수로군. 누구의 추천으로 어전비무대회에 출전하
게 된 것이지?"

"주목란 진무사의 추천이오."

전포 무장이 잠시 놀라는 표정을 짓더니, 곧 미미하게 고개
를 끄덕여 보였다.

"주 진무사의 추천이라니, 납득이 가는군. 그럼 어떤 문파
소속인지도 말해줄 수 있겠는가?"

"싫은데."

"싫다?"

"그래, 싫어!"

퉁명스러운 이현의 말에 전포 무장의 눈에 깃들어 있던 신광이 더욱 예리해졌다.

흡사 무형의 칼날이 이러할까?

그의 신광이 순식간에 검형을 이루며 상반신 전체를 노리고 파고들자 이현이 손을 가볍게 휘저어 보였다.

벽운천강수!

그중에서도 절초라 할 수 있는 '벽운출수'다. 그러자 이현의 평범한 손짓에 일시 푸른 기운이 번뜩이더니, 곧 십여 개의 벼락을 동반하고 전포 무장에게 파고들었다. 순식간에 전포 무장이 신광을 빌어서 일으킨 무형지기를 깨뜨려 버린 것이다.

"으헛!"

전포 무장의 입에서 가벼운 기합성이 터져 나왔다.

스파앗!

그와 동시에 그가 신형을 가볍게 회전시키자 곧 파리한 전광이 일어나 이현의 벽운출수를 산산조각냈다. 어느새 도갑을 빠져나온 패도가 날카로운 도강과 함께 이현이 만들어낸 십여 개의 벼락을 일도양단하며 벌어진 일!

더군다나 그의 도강은 거기서 멈추지 않고 단숨에 이현을 향해 쭈욱 파고들었다. 벽운출수를 박살 내고도 도강에 실린 힘이 떨어지지 않았기 때문이다.

슥!

이현이 신형을 이동했다.

단 한 걸음!

딱 전포 무장의 도강을 피할 정도만 움직였다. 도강이 코앞에 다다른 것과 동시에 그리했다.

파곽!

그리고 발을 올려 걷어찬다.

이현을 공격하느라 늘어난 전포 무장의 도강이 약해진 틈을 타고 회심퇴로 반격한 것이다.

파창!

도강이 깨졌다.

빙글!

그러나 그 순간 어느새 전포 무장이 이현에게 몇 개나 되는 분신을 만들며 파고들었다. 도강으로 공격을 가한 것과 거의 동시에 2격을 준비했음이 분명하다.

파파파팟!

다시 도강이 일어난다.

이번에는 분리되었다.

패도의 끝이 가벼운 파랑을 일으키더니, 몇 개나 되는 변화와 함께 쪼개졌다. 이리저리 분리되어 이현의 옆구리와 허벅지, 어깻죽지를 동시에 공격해 들어왔다.

'제법!'

이현의 눈에 이채가 어렸다. 생각했던 것보다 전포 무장의 공격이 매섭다. 그냥 무공만 높은 게 아니라 실전을 무척 많이 경험해 본 자의 솜씨다.

파팍!

그래서 이현도 조금 신중해지기로 했다.

지축을 찍으며 신형을 공중으로 띄워 올린 이현이 발에 기력을 담아서 전포 무장의 도강 중 하나를 걷어찼다. 호신강기를 용천혈에 집중했기에 도강과 접촉하고도 별다른 피해를 입지 않았다.

그의 회심퇴에 휘어지는 도강!

놀랍게도 찰라적이긴 하나 물리력을 발휘했다. 그렇게 도강의 방향을 바꿔 버렸다.

쩌정! 쩡!

그러자 서로 충돌을 일으키는 전포 무장의 도강들!

그 찰나의 틈을 놓치지 않고 이현이 잠영보를 사용해 전포 무장의 배후로 돌아 들어갔다. 어느새 거의 코앞까지 간격을 좁혀온 전포 무장의 놀라운 속도를 이용해 그에게 역습을 가하려는 것이다.

"어림없는 짓을!"

전포 무장이 벽력같이 고함을 지르며 자신의 패도를 어깨 너머로 돌렸다.

파창!

이현의 발이 도신을 때린다. 여전히 강력한 호신강기가 담긴 발끝을 세워서 밀어뜨린다.

우웅!

전포 무장은 손이 욱신거리는 것을 느꼈다. 제대로 된 동작이 아니었기에 이현의 발끝에 담긴 기운을 모조리 흘려내는 데 실패한 것이다.

휘리릭!

그와 동시에 이현의 신형이 공중에서 회전을 일으키며 전포 무장의 머리 위에 불쑥 나타났다. 그리고 빳빳하게 세워진 그의 손가락!

"큭!"

전포 무장이 흔들린 육신을 고정시키기 위해 하체에 힘을 준 상태에서 그대로 왼손을 펼쳐 들었다. 이현의 손가락에 눈을 찔리지 않기 위해 수장으로 얼굴을 가렸다. 무의식중에 자신의 눈을 보호하기 위해 펼친 동작이다.

파각!

그러나 그 순간 이현의 발끝이 전포 무장의 훤하게 드러난 오른쪽 어깻죽지를 걷어찼다.

이어 반대편으로 회전하며 다시 휘둘러진 손날.

우득!

손날이 전포 무장의 왼쪽 갈비뼈 사이로 파고든다. 갈비뼈 두 개를 단숨에 부러뜨린다.

팟!

이현은 그 즉시 신형을 뒤로 이동하며 전포 무장과 삼 장이나 떨어졌다. 순식간에 치명적인 공격을 두 차례나 성공시키고, 태연하게 뒤로 물러난 것이다.

"이······."

석상처럼 굳어버린 채 이를 악무는 전포 무장을 향해 이현이 손가락을 들어 흔들어 보였다.

"이런 상황에서 화를 내는 건 하수잖아!"

"······."

"그래, 역시 내 예상대로 그 정도 하수는 아니었구만. 생각 잘한 거야."

"······."

"그래서 이제 3차 예선은 통과한 건가?"

전포 무장의 입에서 실낱같이 하얀 기운이 흘러나왔다. 이현의 공격을 연달아 허용한 후 당한 부상을 급박하게 내력을 일으켜서 회복시킨 여파였다.

스파앗!

어깨 뒤로 돌려놨던 패도에서 다시 맹렬한 도강이 일어난다.

하늘로 치솟아 오른 도강!

처음, 이현을 공격했던 것과는 비교조차 되지 않는 강대한 기운을 뿌려낸다. 당시엔 전력을 다하지 않았음을 웅변하는 모습이라 할 수 있겠다.

흔들! 흔들!

그러자 다시 흔들리는 이현이 손가락!

"안 돼! 안 돼!"

"감히!"

"안 된다니까!"

이현이 살짝 목청을 높이자 전포 무장의 신형이 지진을 만난 것처럼 흔들렸다. 이현에게서 은연중 흘러나온 은하천강신공의 패도지기에 잠시 억눌러 놨던 내상이 다시 고개를 치켜든 것이다.

스슥!

금포 무장이 슬며시 신형을 옆으로 이동시키자 이현이 무심하게 말했다.

"그러게 처음부터 공격을 하려면 최선을 다했어야지. 괜스레 이것저것 재니까 그런 꼴이 되잖아."

"……"

"이제 그렇게 부상당한 몸으로 다시 날 공격한다면 후일 분명히 후회하게 될 거야. 나는 당신처럼 싸울 때 '적당히'라는 걸 모르는 사람이니까."

"……"

"그래도 괜찮겠어?"

이현의 마지막 질문이 끝난 것과 동시에 전포 무장이 다시 신형을 뒤로 물렀다. 이현이 말을 하는 동안 점진적으로 강화시킨 은하천강신공에 내상이 단숨에 심각해졌다. 다시 붙어보기도 전에 패배를 당했다는 뜻.

'두고 보자!'

전포 무장은 삼류 악당처럼 입 밖으로 복수의 말을 내뱉지 않고 비무대를 떠나갔다. 이현과의 승부를 뒤로 미루고 내상 치료를 하러 떠나간 것이다.

"제법일세."

이현이 전포 무장을 칭찬했다.

방금의 충고!

그를 위해서 한 말?

전혀 아니다.

비슷하지도 않았다.

오히려 이현은 전포 무장을 도발해서 그를 완전히 박살 낼 심산이었다. 생명을 거두진 않아도 무공을 전폐시켜서 다시는 덤벼들지 못하게 하려 했다. 생각 이상으로 그에게서 느껴지는 살기나 무공이 위협적이었기 때문이다.

그러나 이곳은 황제가 사는 자금성!

전포 무장은 황제의 녹을 받아먹고 사는 맹장임에 분명했다. 그를 별다른 이유 없이 두들겨 팼다가는 후일 꽤나 큰 문제가 발생할 소지가 있었다.

'쳇! 그래서 격장지계를 사용했는데, 안타깝게도 넘어와 주질 않네?'

내심 혀를 찬 이현에게 몇 명의 금의위 위사가 다가왔다.

하나같이 제대로 된 무장을 갖추고 있다.

'뭐야? 조금 전에 예선 끝난 거 아니었어?'

슬며시 부아가 치민 이현이 무형지기를 담아서 꼬아보자 금의위 위사들이 주춤거리며 뒤로 물러섰다. 방금 전 전포 무장과 치른 대결로 인해 한층 고양된 이현의 살기를 전혀 감당하지 못하는 모습이었다.

그러자 이현은 절로 맥이 빠졌다.

'한심하구만.'

이현이 무형지기를 풀자 금의위 위사들이 새파랗게 질린 표정으로 말했다.

"예선 3차 시험을 모두 통과하셨소! 비무대를 내려가서 예선통관패를 받아가시오!"

"알겠소."

이현이 대답과 함께 비무대에서 뛰어내렸다.

조금 전 겨뤘던 전포 무장!

그에 대한 의혹 따위는 이미 까맣게 잊어버린 이현이었다.

*　　　　　*　　　　　*

"쿨럭!"

비무대를 떠나 빠르게 걸음을 옮기던 무적철혈도 팽무군이 입에서 핏덩이를 토해냈다.

이현과의 몇 초 대결!

비록 전력을 다한 것은 아니나 참혹할 정도의 패배를 당했다. 상대는 멀쩡한데 팽무군은 내상과 외상을 골고루 당한 채 피까지 토하고 만 것이다.

그러나 곧 팽무군은 굽혔던 허리를 꼿꼿하게 폈다.

한차례 토혈로 울렁이던 속이 조금 가라앉았다.

본신의 진기를 억누르고 있던 답답한 기운이 울혈을 토해

내자 급격히 풀리기 시작한 것이다.

슥!

소매로 입가를 훔치며 팽무군은 이를 부드득 갈았다. 자신에게 참을 수 없는 모욕을 준 이현을 결코 용서할 수 없었다. 반드시 이번 어전비무대회가 끝나기 전에 죽여 버리겠다고 살심을 불태웠다.

"안 돼!"

"뭐……?"

느닷없이 들려온 냉담한 목소리에 팽무군은 반문과 동시에 패도를 뽑아 들었다.

이현과의 대결에서 심각한 치욕을 당한 터!

그의 발도는 재빨랐고, 곧바로 자신의 전력을 모조리 도강에 집중시켰다. 이현에게 분노하면서도 그에게 들었던 충고를 곧바로 받아들인 것이다.

하나 그때 놀라운 일이 발생했다.

맹렬한 도강을 뽑아내고 있던 그의 패도로 갑자기 전달된 기괴무쌍한 거력!

파앗!

순식간에 그의 수중에서 패도를 날려 버렸다.

"이 무슨?"

당혹감에 안색을 일그러뜨린 상태에서도 팽무군은 재빨리

신형을 옆으로 이동시켰다. 하북팽가 가전의 신법인 환영분
허보(幻影分虛步)를 이용해 자신의 신형을 빠르게 분신시켰다.
다섯 개의 환영을 만들면서 고속의 이동을 동시에 이뤄낸 것
이다.

그러나 그가 만들어냈던 환영분허보의 환영이 하나로 합쳐
진 것과 동시였다.

슈파앗!

방금 그의 수중을 벗어났던 패도가 맹렬한 기세로 떨어져
내렸다. 정확히 가랑이 사이로 말이다.

찔끔!

저도 모르게 오줌을 살짝 지린 팽무군의 안색이 수치심으
로 일그러졌다. 조금 전 이현에게 당했던 걸 압도할 정도의 패
배감에 당장 죽고 싶은 심정이었다.

그때 예의 목소리가 다시 들려왔다.

"이현은 내 것이다. 황호령주! 알아듣겠나?"

'이건 설마……'

저도 모르게 입을 벌린 팽무군이 조심스럽게 말했다.

"…혹시 천멸사신이십니까?"

"알았으면 이현에게서 손을 떼라!"

"무, 물론입니다. 제가 어찌 천멸사신의 명을 거역하겠습니
까? 하지만 궁금한 점이 있는데, 질문해도 되겠습니까?"

"아니."

단번에 팽무군의 요청을 거절한 천멸사신의 기운이 어느새 거짓말처럼 사라졌다. 하루 만에 두 번째 패배를 팽무군에게 안겨주고서 말이다.

第五章

아직 장가도 안 갔다!

청연장.

예선을 마치고 연홍과 함께 자금성에서 돌아오던 이현이
살짝 이맛살을 찌푸렸다.

기묘한 살기!

청연장에서 흘러나오는 이 기운은 매우 기묘했다. 제법 위
협적이면서도 익숙한 기운이 두 개나 섞여 있었기 때문이다.

'미묘한데?'

이현이 내심 고개를 갸웃거렸을 때였다.

스슥!

그를 인도해 청연장으로 들어서던 연홍이 갑자기 발걸음을 재빠르게 놀리더니, 품속에서 두 자루의 칼을 빼 들었다. 두 자를 살짝 넘기는 길이의 장검과 한 자 가량의 단검!

연홍이 가슴 앞에서 십자 모양으로 교차시킨 쌍검은 모양이 사뭇 특이하다. 일반적인 양날이 아니라 외날인 데다 중간에 사나운 톱니 자국이 형성되어져 있는 것이다.

'기형검이로군. 그것도 중원의 것이 아니라 남해의 해적들이 사용하는 물건 같은데?'

이현은 과거 남쪽 지방을 주유하다 만났던 해남파의 독특한 기병을 떠올리며 눈에 이채를 발했다. 황궁을 지키는 금의위 소속인 연홍이 해적들이나 사용하는 기형검을 사용하는 것에 의아한 생각이 들었다.

그러나 곧 이현의 관심은 다른 쪽으로 향했다.

스스스슥!

연홍이 신형을 분신하면서 쌍검을 휘두르는 사이 예의 살기가 양방향으로 나뉘고 있었다. 역시 두 살기의 소유자가 목표로 하는 건 연홍이 아니라 이현임이 분명하다.

연홍 또한 그러한 점을 알고 있었다.

피잉!

순간, 연홍이 교차한 채 휘두르고 있던 쌍검 중 단검을 공중으로 쏘듯이 내던졌다.

창!

그러자 공중에서 격렬한 소음과 함께 튕겨지는 단검!

패앵!

더불어 날카로운 소성과 함께 번뜩이는 칼날이 연홍을 양단하듯 떨어져 내렸다.

그야말로 섬전, 그 자체의 참격!

빙글!

연홍이 한쪽 발끝으로 대지를 디딘 채 가냘픈 신형을 곡예하듯 회전시켰다.

파팟!

그리고 휘둘러진 장검!

그녀의 기형장검이 하늘에서 떨어져 내린 섬전 같은 참격의 단면을 쪼개듯 내려쳤다.

그러자 다시 변화를 보인 칼날!

순간적으로 공중에서 몇 차례 흔들림을 보인 칼날이 연홍의 기형장검을 훑듯이 타고 파고들었다. 짧은 사이에 벼락같은 참격을 포기하고 기형장검의 검신을 타고 연홍의 손목 쪽으로 파고들어 간 것이다.

"으윽!"

연홍의 입에서 신음이 터져 나왔다. 이런 식으로 반격을 당하리라곤 상상조차 하지 못했기 때문이다.

팟!

그녀가 기형장검을 포기했다. 손목이 잘리지 않기 위함이었다.

빙글!

그러나 곧바로 그녀가 반격을 가했다. 다시 신형을 절반가량 돌면서 맹렬한 원앙연환퇴로 여전히 자신을 향해 파고들던 칼날을 걷어찬 것이다.

패앵!

그러자 다시 변화를 보인 칼날!

막 연홍의 발에 튕겨지는 것 같던 칼날이 기묘한 호선을 그려내며 그녀의 가슴팍을 찔러갔다. 놀랍게도 연홍의 원앙연환퇴에 담긴 힘을 받아들였다가 고대로 돌려주었다.

이화접목의 수법!

"악!"

연홍이 비명을 터뜨렸다. 꼼짝없이 칼날에 꿰뚫려 죽을 거라 생각한 것이다.

'응?'

연홍의 생각과는 달랐다.

그녀는 문득 자신에게서 떠나간 칼날을 보고 눈이 동그래졌다. 어째서 자신을 공격하던 칼날이 떠나갔는지 잠시 이해할 수 없었기 때문이다.

'그렇지! 저들의 목표는 내가 아니라 이 공자님이었잖아!'

뒤늦게 연홍이 깨달은 것과 동시였다.

스으─ 팟!

연홍을 공격하던 칼날의 소유자는 어느새 이현을 향해 날아가고 있었다. 순간적으로 신검합일을 이룬 채 장창을 든 복면인과 싸우고 있던 이현에게 예의 벼락같은 참격을 날렸다.

번쩍!

파파파파팟!

하늘에서 떨어져 내린 섬전과 같은 참격!

다리부터 허리까지를 맹렬히 훑으며 파고든 맹렬한 장창의 공격!

어느새 합공을 당하는 꼴이 된 이현이 양손을 하늘과 땅으로 나눈 채 공력을 쏟아냈다. 하늘로는 벽운천강수를, 땅으로는 태을신수(太乙神手)를 동시에 펼쳐낸 것이다.

따당!

뿌지직!

벽운천강수가 칼날을 날려 버렸고, 태을신수는 창대를 부러뜨려 버렸다.

거의 작은 호흡 하나 끝날 정도의 차이!

그 찰나의 순간에 이현은 연홍을 죽음 직전까지 몰아붙였던 칼날의 소유자와 그에 못지않은 장창수의 합공을 물리쳤다. 그들을 각기 다른 수공으로 뒤로 물러나게 만들었다.

당연히 그걸로 끝일 리 없다.

슉!

잠영보로 신형을 앞으로 움직인 이현이 부러진 창대로 다시 공격해 드는 복면인을 향해 장권을 날렸다.

상단 한 차례!

하단 두 차례!

그의 장권은 벽운천강수 같기도 하고, 태을신수 같기도 했다. 아니, 두 가지를 혼용했다고 하는 것이 맞을 터였다. 초식 자체를 뒤섞었다는 뜻이다.

어떻게 그럴 수 있을까?

간단하다.

이현은 방금 전의 장권에 내공을 담지 않았다. 그냥 초식의 변화만으로 복면인을 홀린 후 마혈을 점혈시킨 것이다.

"여기까지!"

이현이 석상같이 굳어버린 복면인의 복부에 장권을 한 방 먹이고 곧바로 신형을 돌려 세웠다.

그러자 기다렸다는 듯이 날아드는 칼날!

쉬익!

날카로운 칼바람 소리와 함께 이현의 귀밑머리를 스쳐 간다. 이현이 복면인을 상대하는 동안 연달아 날아든 참격 중

하나가 만들어낸 일이다.

파곽!

이현이 허리를 뒤틀며 다리를 날렸다.

회심퇴!

곧바로 변화하는 칼날의 그림자 중 하나를 후려갈긴다. 그 짧은 사이에 칼날이 만들어내고 있는 참격의 허(虛)와 실(實)을 구별해 낸 것이다.

비틀! 비틀!

칼날의 소유자가 신형을 휘청거리며 뒤로 물러났다. 이번 회심퇴에는 장권과 달리 내력이 실려 있었다. 겉으로 보기엔 가벼워 보이는 일격이나 실제론 무서운 내가중수법이었다.

칼날의 소유자는 자신의 칼날을 타고 솟구쳐 오른 이현의 내력에 짓눌려 숨조차 쉴 수 없었다. 마혈을 점혈당한 것보다 훨씬 심각한 상태로 제압당한 것이다.

"하하하!"

이현이 나직이 웃어 보였다.

그러자 주변을 경계하던 연홍이 다급하게 소리쳤다.

"이 공자님, 또 다른 자들이 있습니다!"

"안다."

이현이 차가운 대답과 함께 웃음을 멈췄다. 그때 기다렸다는 듯 땅속에서 칼날 두 개가 불쑥 튀어나왔다.

시커먼 검날!

코끝을 스치는 비린내!

연홍이 다시 소리쳤다.

"이 공자님, 독이에요! 검날에 독이 묻혀 있습니다!"

파창!

이현이 발로 검날을 걷어찼다.

회심퇴!

역시 강력한 내력이 담긴 일격에 검날 하나가 부러졌다. 그
러자 순간적으로 땅속으로 사라진 다른 검날이 이현의 사타
구니를 노리며 튀어올랐다.

"아직 장가도 안 갔다!"

이현이 노한 표정으로 소리치며 신형을 살짝 공중으로 띄
웠다.

그러자 그만큼 더 튀어나오는 검날!

땅속에서 지둔술을 펼치고 있던 은신자의 상반신 역시 모
습을 드러낸다. 공중으로 뛰어오른 이현을 공격하기 위한 어
쩔 수 없는 선택이었다.

그때 이현이 다시 회심퇴를 발휘했다.

따당!

독이 묻은 검날이 두 동강 난다.

파콱!

은신자의 양쪽 태양혈이 격타당한다.

슥!

그리고 이현이 바닥에 착지한 순간 은신자가 바닥에 짚단처럼 무너져 내렸다.

이 모든 것이 한꺼번에 벌어졌다.

순차적인 설명과 달리 일반인의 눈에는 순서가 뒤섞여 보일 만큼 빠르게 지나갔다. 어떤 순서로 일이 진행되었는지 파악하기 어려울 정도로 말이다.

탁! 탁!

이현이 손바닥을 털고는 연홍을 향해 말했다.

"연홍 소저, 이제 대충 몸도 풀린 것 같으니까 진짜를 내보내는 게 어때?"

"예?"

"그런 '나는 아무것도 몰라요!' 같은 표정 지어봤자 소용없어. 그런다고 해서 내가 연홍 소저한테 허점 같은 걸 보일 사람도 아니고 말야."

이현의 냉정한 표정을 잠시 살피던 연홍이 한숨과 함께 동그란 어깨를 으쓱해 보였다.

"역시 이 공자님은 대단하군요. 무공이 강한 건 알고 있었지만 그 어린 나이에 심기까지 이렇게 깊으리라곤 상상도 못 했는데요."

"내가 심기가 좀 깊긴 하지. 그런데 남쪽 바다에서 온 건 가?"

"그런 것도 아셨나요?"

"해남파의 인물을 상대하러 남쪽 바닷가 쪽에 가본 적이 있 거든."

"그렇군요."

미미하게 고개를 끄덕여 보인 연홍이 나직이 휘파람을 불었 다.

휘이이이익!

그러자 청연장 쪽에서 속속 모습을 드러내기 시작한 수십 명이 넘는 복면인들!

그들의 손에 들린 기형의 병장기를 눈으로 살피며 이현은 내심 안색을 굳혔다.

오늘 아침까지 금의위의 안가였던 청연장이다.

이곳이 갑자기 남쪽 해적들이 득실거리는 사지가 되었다.

만약 검치 노철령에게 이상이 생기지 않았다면 이게 가당 키나 한 일일까?

'검치 노야, 설마 그사이에 돌아가신 건 아닐 테지?'

내심 눈살을 찌푸리며 이현이 연홍에게 말했다.

"연홍 소저, 이 정도로 되겠어?"

"충분할 것 같은데요?"

"충분하다고?"

"예, 저들은 겉으로 보기보다 아주 강하거든요."

"흠."

이현이 자신을 포위한 복면인들을 눈으로 살피곤 하품했다.

"하암! 그럼 뭘 망설이고 있는 거야? 얼른 달려들지 않고 말야!"

"예, 분부대로 하겠습니다."

이현을 향해 상냥한 미소를 지어 보인 연홍이 다시 휘파람을 불었다. 이현을 포위한 복면인들에게 총공격의 명령을 내린 것이다.

아니, 그러려고 했다.

털썩! 털썩! 털썩!

연홍의 휘파람 소리가 채 끝나기도 전에 이현을 포위하고 있던 복면인의 상당수가 바닥에 쓰러졌다. 그녀와 대화를 나누던 중 이현이 미리 무형지기를 암경으로 바꿔서 복면인들을 암격했기 때문이다.

당연히 그것으로 끝일 리 없다.

스으— 팟!

순간적으로 이현이 잠영보를 궁신탄영식으로 바꿔 급가속하여 연홍을 덮쳐왔다. 그녀를 제압한 후 일의 전후사정을 파악할 작정을 한 것이다.

그런데 바로 그때 복면인 사이에서 벼락같은 검격이 날아들었다.

'검강?'

이현은 살짝 놀랐다.

자신의 등판을 향해 맹렬하게 파고드는 검강의 기세가 사뭇 매서웠다. 여태까지 상대했던 자들과는 차원이 다른 절정급 고수가 등장했음이 분명하다.

빙글!

이현이 수장을 뒤로 뒤집었다.

벽류인!

검강을 막아낼 수 있는 건 같은 강기공뿐!

이현의 손에서 일어난 벽류인이 수강을 담은 채 검강과 충돌했다.

쾅!

스스슥!

다음 순간, 복면인이 공중으로 뛰어올랐다. 검과 하나가 된 채 또다시 검강과 함께 이현을 향해 떨어져 내렸다. 처음보다 두 배쯤 빠른 속도였다.

'헐!'

이현이 나직이 혀를 차며 연홍을 포기하고 신형을 분신했다.

이형환위!

고속의 이동으로 시야를 어지럽혔다.

여유를 확보했다.

이어 그렇게 얻은 여유를 이용해 연홍을 향해 치우쳐져 있던 몸의 방향을 빠르게 회전시켰다. 여전히 자신의 바로 코앞에서 강렬한 기운을 뿌리고 있는 검강으로부터 그렇게 벗어났다.

스스스스슥!

그리고 이현의 손가락이 지검(指劍)의 형태를 만들어냈다.

지공(指功)이 아니다.

지검이다.

이현의 곧추세워진 식지 끝에는 분명 날카로운 검기가 맺혀 있었다. 손가락에 진기를 모아서 만든 지강에 칼날 같은 예기를 두른 것이다.

당연히 사용법 역시 달라진다.

스파앗!

이현의 지검이 공간을 갈랐다.

그렇게 여전히 자신을 노린 채 뻗어오고 있던 복면인의 검강을 단숨에 잘라 버렸다.

일도양단(一刀兩斷)!

복면인의 검강이 이현의 지검에 동강났다. 어떻게 이런 일이 있을 수 있을까?

복면인이 당황감에 굳었을 때였다.

슥!

순간적으로 발끝에 기력을 모아서 다시 공중으로 뛰어오른 이현이 회전과 함께 복면인의 머리 위를 지나갔다. 그리고 펼쳐진 천두대구식!

사라락!

순간적으로 복면이 벗겨진 자리로 삼단 같은 긴 머리카락이 폭포수처럼 쏟아져 내렸다. 복면인의 정체는 여인이었던 것이다. 그것도 이현이 익히 알고 있는 미인 중의 미인!

"아!"

뒤늦게 신음을 토해낸 모용조경을 향해 이현이 눈살을 찌푸려 보일 때였다.

패앵!

아직 남아 있던 복면인 중 한 명이 맹렬한 기세로 장창을 휘둘러 왔다.

조금 전 모용조경이 펼친 검강에 결코 떨어지지 않는 위력!

슥! 스슥!

그러나 이현은 뒤도 돌아보지 않고 장창의 공격을 피해냈다. 잠영보의 변화를 최소화한 상태에서 기습적으로 펼쳐진 장창의 공격을 모조리 무력화시킨 것이다.

그러자 다시 변화한 장창의 움직임!

순간, 용트림을 하듯 위로 곧추세워졌던 장창이 잔뜩 기력을 모은 채 이현의 머리를 노렸다. 방금까지의 현란한 변화를 포기하고 강맹한 힘으로 공격의 방향을 정했다.

그야말로 건곤일척!

확실하게 승부를 결정지으려 했다.

슥!

그때 잠영보를 거둔 이현이 퉁명스럽게 말했다.

"무산아, 아서라!"

움찔!

복면인이 장창을 든 자세 그대로 굳어버렸다. 그만큼 이현의 한마디에 받은 충격이 컸던 것이다.

이현이 말했다.

"왜 내가 네놈의 공격을 보지도 않고 피한 줄 아냐? 그건 지난번에 네놈과 신나게 싸워봤기 때문이야. 게다가 네놈은 그동안 북궁 사제와 줄기차게 비무를 벌였는데, 그때 심판을 본 게 바로 나다. 이미 네놈의 악가신창술은 내 머릿속에 십 중 칠, 팔은 파악되었는데, 성질난다고 나머지 이, 삼을 알려줘서 어쩌겠다는 거야?"

'아!'

내심 탄성을 터트린 복면인이 슬그머니 장창을 내려뜨렸다. 이현이 한 말이 틀리지 않는다는 생각이 들었기 때문이다.

그러자 이현이 한쪽 어깨를 한차례 추어 보이고 심술 난 표정으로 버럭 소리쳤다.

"주 군주! 도대체 무슨 짓을 벌이려는 것이오!"

"호호호, 너무 쉽게 들켰네요?"

복면인 사이에서 주목란이 웃음과 함께 모습을 드러냈다. 그녀가 복면을 벗자 악영인이 내심 한숨을 내쉬었다.

이제 끝이다. 더는 이현을 공격할 필요가 없다고 그녀는 생각했다.

그러나 악영인의 안색이 곧 딱딱하게 굳었다.

복면을 벗은 주목란이 긴 목을 살짝 흔들어 보이곤 검을 뽑아 들었기 때문이다.

"이 대가, 우리가 마지막으로 싸워본 게 언제였죠?"

"우리가 싸웠던 적이 있었나?"

"으음, 그렇군요. 이 대가는 한 번도 나와 진지하게 싸워본 적이 없었던 거예요. 십 년 전에는!"

"……"

"하지만 이번에도 그럴 수 있을까요?"

"뭐……."

이현이 입을 연 것과 동시였다.

스으— 팟!

순간적으로 검과 일직선을 이룬 주목란이 쭈욱 이현을 향해 파고들었다.

저릿!

이현은 심장 어름이 따끔해져 오는 걸 느꼈다. 주목란의 마음이 움직인 순간 그녀의 무형지기가 하나의 검으로 변했다. 그리고 그 무형의 검이 날아들었다. 이현의 심장을 정조준한 채로 말이다.

'장난이 아니잖아!'

이현이 내심 소리 지르며 손가락에 다시 검기를 일으켰다.

십 년 만의 재회!

첫 대면에서 그는 이미 주목란이 괄목상대(刮目相對)하게 되었음을 짐작하고 있었다. 다시 만난 그녀는 십 년 전의 어린 소녀에서 성숙한 여인이 되었고, 그만큼 강력한 무인으로 성장해 있었던 것이다.

하물며 그녀의 현 직위는 금의위의 2인자인 진무사!

지난 십 년 간 황궁제일고수인 검치 노철령의 절학을 모두 전수받은 그녀의 무위가 어떨지는 대충 짐작이 갔다. 적어도 악영인이나 모용조경과 비교해 절대 떨어지지 않는 무위를 지니고 있음에 분명했다.

그러나 사람의 선입견이란 게 그리 쉽게 변하는 게 아니다.

이현에게 주목란은 여전히 십 년 전의 철부지 소녀. 왕부의 담을 넘은 것만으로 중원의 하늘을 자유롭게 날 수 있을 거라 여기던 조그만 몽상가였다.

서안에서의 재회에서 이미 진한 무인의 향기를 맡았으나 줄곧 경시하는 마음이 존재했다. 한 사람의 위협적인 무인으로 그녀를 생각하지 않았던 것이다.

피잇!

이현의 뺨에 실금 같은 핏줄기가 만들어졌다.

심장을 노린다고 생각했던 주목란의 무형지검이 순식간에 이현의 지검을 피해 뺨으로 방향을 틀며 벌어진 일이다.

당연히 이것만으로 끝일 리 없다.

스슥!

어느새 주목란은 검을 자유자재로 휘두르며 이현의 코앞까지 도달해 있었다. 무형지검으로 먼저 공격을 가함으로써 바짝 간격을 조여 오는 걸 미연에 방비하지 못하게 만든 것이다.

번쩍! 번쩍!

그녀의 검이 찬연한 검광을 일으켰다.

그 빛이 향한 곳은 이현의 두 눈.

아주 정확하게 그의 시야를 가린다. 아주 의도적이고 야비한 방법이다.

'이거… 내가 가르쳐 준거잖아!'

이현이 내심 헛바람을 들이키며 지검을 자신의 몸 정중앙에 집중시켰다.

허를 찔렸다.

가장 중요한 건 죽지 않는 것이다.

그리고 죽지 않기 위해선 필살의 공격을 피하는 게 기본!

이현의 지검이 순간적으로 자신의 중혈을 방패처럼 보호하자 주목란의 검이 빙그르 회전을 일으켰다.

핏!

이현의 옆구리에서 핏물이 튀어 올랐다.

얼굴보다 조금 더 큰 상처가 옆구리에 생겨난 것이다.

파곽!

그때 이현의 다리가 기묘한 각도를 형성한 채 주목란을 향해 파고들었다. 처음부터 그녀가 공격할 곳을 알고 있었던 것처럼 빠르고 강력한 반격!

그러나 이현의 회심퇴는 헛되이 주목란의 머리 위를 스쳐갔다. 그녀 역시 이현이 이런 식으로 반격에 나설 것을 알고 있었기 때문이다.

게다가 주목란은 거기에 그치지 않았다.

스르륵!

그녀의 소매를 빠져나온 중간 크기의 검이 이현의 발등을 향해 파고들었다.

"웃차차!"

이현이 얼른 뒤로 물러섰다.

잠영보?

처음엔 그와 비슷했으나 곧 중간부터 변화가 미묘하게 다르다. 다른 종류의 보법을 뒤섞었기 때문이다.

그래서였을까?

슉!

어느새 뒤로 물러서는 것 같던 이현이 주목란의 배후로 돌아 들어갔다. 그녀가 정확하게 잠영보의 변화에 따라 공격해 들어오는 걸 완벽하게 읽고 오히려 그걸 이용한 것이다.

"어머!"

주목란이 나직하게 탄성을 발했다. 그러자 이현이 지검으로 그녀의 등판을 노리며 말했다.

"주 군주, 이만 패배를 인정하시지?"

"싫다면요?"

"그럼 어쩔 수 없이……."

이현이 지검을 지공으로 바꿔서 주목란의 마혈을 점혈하려다 인상을 써보였다. 순간 발밑이 허전해진다 싶더니 신형이 쑥 밑으로 떨어져 내렸기 때문이다.

'…가지가지 하는구만!'

이현이 재빨리 소매를 휘저어 공중에서 신형을 떠우고서 은하천강신공을 호신강기로 방출했다. 주목란이 준비한 함정이 평범할 리 없다는 판단이었다.

따당!

따다다다다다다다당!

과연 그의 예상대로였다.

그가 펼친 호신강기 주변에서 흡사 기름에 볶아지는 콩이 터지는 소리가 연달아 터져 나왔다. 함정의 벽면에서 삽시간에 수백 개가 넘는 탄환이 쏟아져 나왔기 때문이다.

게다가 그건 시작에 불과했다.

쉬악! 쉬악! 쉬아악!

함정 밑에 대기하고 있던 복면인들이 길쭉한 장창으로 이현을 공격해 댔다. 밑에서 수십 개나 되는 장창이 이현의 하체를 전반적으로 노렸다.

"그러니까 난 아직 장가도 못 갔다니까!"

감정이 실린 일갈과 함께 이현이 지검을 바닥 쪽으로 날렸다.

파곽!

파파파파파파곽!

그러자 연달아 절단되는 장창들!

곽!

그중 하나의 절단면을 발끝으로 걷어찬 이현이 일학충천의 신법으로 함정을 빠져나왔다.

파파파팟!

그 순간 그를 향해 쏟아진 주목란의 무형지검!

처음과는 완연히 달라진 그녀의 실같이 가늘고 길쭉한 검강에 이현이 오뢰인(五雷印)을 쏟아냈다. 미리 준비하고 있던 수강을 다섯 가닥의 벼락 형태로 뻗어내어 주목란의 무형지검을 움켜쥐듯 막아낸 것이다.

빙글!

그리고 재빨리 공중제비를 한 이현의 손에서 매서운 검격이 일어나 주목란을 공격했다. 함정에서 지검으로 자른 여러 개의 장창 중 하나를 단검처럼 사용해서 만들어낸 검격이었다.

대천강검법!

장창의 모두(矛頭)에서 뻗어 나온 맹렬한 검강이 주목란의 무형지검을 부숴 버렸다.

그건 말 그대로 대해의 해일 그 자체!

압도적인 대천강검법의 검강이 주목란의 가느다랗고 긴 무형지검의 검강을 단숨에 먹어치웠다. 본래 존재조차 하지 않왔던 것처럼 증발시켜 버렸다.

"으으음……."

결국 주목란이 검과 함께 술 취한 취객처럼 뒤로 휘청거리며 물러서기 시작했다.

그녀의 기교가 이현의 힘에 압도당했다.

다시 몇 가지 재주를 부려서 전세를 역전시키려 했으나 이현은 전혀 기회를 주지 않았다. 몇 차례 검을 휘두르는 것으로 내력이 완전히 고갈된 주목란이 털썩 바닥에 주저앉았다. 이현과 검을 섞은 잠깐 동안 몸이 물먹은 솜처럼 변한 것이다.

"…하아! 하아! 하아!"

슥!

이현이 주목란의 앞에 다가와 쭈그려 앉았다.

"주 군주, 계속할까?"

"됐어요!"

"뭐가?"

"내가 졌어요."

"뭐?"

이현이 귀를 주목란 쪽으로 들이대자 그녀가 고운 아미를 찡그려 보이고 크게 소리쳤다.

"내가 졌다구요!"

"아!"

이현이 그제야 알아들은 듯 자리에서 일어서 주변을 향해 말했다.

"그렇다네? 그러니까 그만들 가서 일 봐! 괜스레 험한 꼴 보기 싫으면."

"······."

이현의 태연한 협박에 주변 공기가 싸늘하게 식었다. 주목란이 제압당했다는 현실을 그제야 인지하게 되었기 때문이다.

*   *   *

털썩!

이현 앞에 악영인이 엎드렸다.

"형님, 한 번만 봐주십쇼!"

"뭘?"

"형님한테 복면 쓰고 덤벼든 거 말입니다!"

"아, 그거."

이현이 귀를 소지로 훑고는 단호하게 말했다.

"안 돼!"

"형니임!"

"누가 네 형님이냐? 나는 너 같은 동생 둔 적이 없다!"

이현이 자신에게 달라붙는 악영인을 야멸차게 밀어냈다. 아예 자신의 곁에 가까이 오지도 못하게 손과 발을 동시에 사용해서 저만치 거리를 두게 만든 것이다.

그러자 울상이 된 악영인이 주목란에게 달려갔다.

"주 군주님! 뭐라고 말 좀 해보십시오!"

한쪽에 마련된 다탁에서 고상하게 다구를 들고 차를 마시던 주목란이 고개를 갸웃해 보였다.

"뭘 말하라는 거죠?"

"이번 일은 저의 본의가 아니라 모두 주 군주님의 강압에 의해 벌인 거라는 거 말입니다!"

"아! 그거요."

"예, 그거요! 그걸 형님한테 말씀해 주세요! 지금 당장이요!"

다급하게 소리치는 악영인을 물끄러미 바라본 주목란이 손에 들고 있던 다구를 다탁에 내려놓고 이현에게 말했다.

"이 대가, 이번 일은 제가 주모자예요. 그러니까 악 공자한테 화를 내서봐야 아무 소용이 없답니다."

"봤죠! 봤죠!"

악영인이 다시 달려들자 이현이 발로 그녀를 밀어내며 차갑게 말했다.

"그래서 뭐?"

"예?"

"주 군주가 주모자인 거하고 무산 네놈이 날 배신한 거하고 무슨 상관이 있냐고?"

"누가 형님을 배신했다는 겁니까!"

"누군 누구야! 내 앞에 있는 네놈이지!"

이현이 콕 집어서 지목하자 악영인이 말을 더듬거렸다.

"그건… 그건……."

"그건 뭐?"

'…주 군주가 자신의 말을 듣지 않으면 형님한테 내가 여자란 사실을 털어놓겠다고 협박해서 어쩔 수 없었다구요!'

울상이 되어 내심 목 놓아 부르짖은 악영인이 입을 굳게 다물었다. 억울함과 분함에 목이 콱 메어 왔다. 일시 말문이 막혀서 어떤 말도 할 수 없었다.

그때 방 안으로 모용조경이 들어섰다.

그녀는 썰렁한 방 안 분위기를 눈으로 살피고 주목란에게 말했다.

"주 군주님, 얻고자 했던 건 얻으셨는지요?"

"어느 정도는."

"잘됐군요."

주목란에게 살짝 고개를 숙여 보인 모용조경이 추수같이 맑은 눈을 빛내며 말했다.

"그럼 잠시 자리를 비켜주시겠어요?"

"······."

주목란이 뭐라 대답하기도 전에 악영인이 모용조경에게 달려들었다.

"모용 소저! 어째서 주 군주님한테 자리를 비켜 달라고 하는 것이오?"

"이 공자님과 할 얘기가 있어서요."

"무슨 얘기를 하려는 건데요?"

"사적인 얘기라 악 공자한테 할 말은 아니라고 생각되네요."

"그 사적인 얘기라는 게 설마······."

"계속 그런 식으로 날 대하면 곤란한 일이 벌어질 텐데요? 악·공·자·님!"

모용조경이 슬며시 표정을 굳히자 악영인이 움찔했다. 모용조경 역시 자신의 비밀을 알고 있다는 것을 떠올리고 몸이 굳어왔다.

'···쳇! 그러고 보면 형님만 빼곤 다 알잖아! 내가 여자라는 걸! 그냥 열 뻗치는데 형님한테 확 다 말해 버릴까?'

울컥한 심정에 악영인은 인상을 확 긁었다.

사실 그녀는 쌍둥이 오빠인 악무산이 죽은 후 줄곧 남자 노릇을 해왔다. 집안의 반대를 무릅쓰고 항상 악무산 노릇을 했고, 군역 역시 대신 수행했다.

그러는 동안 그녀는 사내로 행동하는 것에 완전히 익숙해져 버렸다. 관외의 전신으로 혈사대주를 역임하고, 스스로 퇴역한 후 중원에 돌아오기까지 단 한 번도 그러한 점에 어려움을 겪지 않았다.

하긴 그녀는 본래 어려서부터 오빠 악무산이 고개를 절레절레 흔들 정도의 왈가닥이었다. 어떤 사내 못지않게 거칠게 놀았고, 대범한 성격을 가지고 있었다. 오빠 무산의 이름으로 군 생활을 하면서 더욱 진한 사내의 향기까지 얻게 되었으니, 이미 여자라는 자각 자체가 없어졌다고 할 수 있을 터였다.

당연히 이현을 만났을 때도 마찬가지였다.

그녀는 중원을 떠돌며 거의 거지 같은 몰골을 한 채 다니다 그를 만났고, 가까워졌다. 남녀가 아니라 사내 대 사내의 관계로 만나서 인연을 맺게 되었다. 굳이 자신이 여자란 점을 밝힐 이유가 없었고, 그럴 필요성 역시 느끼지 못했다. 어느 날 우연히 이현에 대한 자신의 기묘한 감정을 자각하기 전까지는 말이다.

'하지만 지금 와서 형님한테 내가 사실은 무산이 아니고, 영인이란 걸 알리긴 거시기하단 말이야. 마치 내가 일부러 형님을 속인 것처럼 여겨질 수도 있고, 앞으로 우리 두 형제 사이가 평상시와 달리 껄끄러워질지도 모르니까.'

악영인은 내심 투덜거리며 이현을 힐끔 곁눈질했다.

의형제나 다름없는 사이!

천하에 다시없을 정도로 좋아하는 사람!

그런 그가 자신이 사실 여자란 걸 알면 어떻게 변할까? 혹시 여태까지와 달리 무시하거나 멀리하게 되지는 않을까?

신경 쓰인다.

아주 많이 신경 쓰인다.

그래서 악영인은 불끈 치밀어오른 울분을 속으로 억눌렀다. 지금 당장은 자신의 정체를 이현에게 밝힐 수 없었다. 나중에. 조금 더 나중에 적당한 때를 봐서 고백해야 한다고 생각했다. 그게 언제가 될지는 아직 모르겠지만.

그때 모용조경이 다시 눈치를 주며 말했다.

"악. 공. 자. 님! 어째서 대답이 없으시지요?"

"예?"

"어째서 대답이 없으시냐구요?"

"아! 아아!"

갑자기 뭔가를 떠올린 듯 연달아 목소리를 높인 악영인이 방을 빠져나갔다. 조그만 입으로 뭐라고 중얼거리는 것 같았으나 제대로 된 언어가 되어 흘러나오진 않았다.

그렇게 악영인을 정리한 모용조경이 주목란을 바라봤다.

당신은 뭐 하고 있냐는 듯한 표정!

그러나 주목란은 악영인과 달랐다. 태연하게 모용조경의 시선을 받아낸 그녀가 이현에게 고개를 돌렸다.

"이 대가, 저 나갈까요?"

"아니."

"모용 동생, 아니라는데?"

주목란이 미소와 함께 말하자 모용조경의 눈꼬리가 슬며시 치켜 올라갔다.

"주 군주님께서 제게 한 약속이 있을 텐데요?"

"어떤 약속을 말하는 건지……."

"주 군주님을 도와드리면 제 부탁을 들어주시기로 하셨습니다만?"

"…아, 그 약속!"

그제야 모용조경이 한 말의 뜻을 이해했다는 듯 나직이 목청을 높인 주목란이 정색을 했다.

"그런데 아직 모용 동생, 아직 내게 대가를 바라기엔 좀 이르지 않아?"

"하지만……."

"물론 요전번에 내가 이 대가를 악 공자와 모용 동생이 합공해 달라고 말하긴 했어. 하지만 결과가 어떻게 됐지?"

"…우리는 분명히 주 군주님 말대로 했습니다!"

"따로따로? 그것도 전력을 다하지 않고서?"

"그건……."

"내가 그런 정도의 합공을 원하고 두 사람한테 손수 부탁을 했을 거라고 생각했던 거야?"

"……."

"뭐, 어째서 그랬는지는 알겠어. 하지만 두 사람 말야. 이 대가를 너무 무시한 거야. 이번에 두 사람이 전력을 다했다 해도 이 대가는 무사했을 거야. 뭐, 몇 군데 부상 정도는 났을지 몰라도 중상까지 입지는 않았을 거라구."

이현이 보다 못해 끼어들었다.

"이봐! 이봐! 날 부상시켜서 어쩌려고?"

주목란이 다시 이현을 돌아봤다.

"이 대가에게 그 정도는 짐을 지워야 이번 어전비무대회에 참가한 다른 사람들이 불쌍하지 않을 거 아녜요?"

"뭐?"

"농담이에요."

"농담?"

"예, 농담! 사실은 이번 기회에 이 대가의 무공 수준과 한계를 파악해 볼 생각이었어요."

"어째서 그런 생각이 들었을까?"

"그렇게 노려보지 말아요. 다 이 대가를 위한 일이었으니까요."

"다 날 위한 일이라니, 더 궁금해지는군."

이현이 결코 노려보기를 포기하지 않으려 하자 주목란이

어깨를 가볍게 으쓱해 보였다.

"뭐, 지금 말해줄 순 없구요."

"말하는 게 좋을 텐데?"

"제가 말하지 않으면 어쩌려고요?"

"내 마음대로 하겠지."

"설마 절 때리기라도 하려는 건가요?"

"설마? 아직 나도 목숨 소중한 줄은 아는 사람이라구."

"그러면 뭘 어떻게 마음대로 하겠다는 거죠?"

"검치 노야와의 약속을 깨고 어전비무대회에서 제대로 한 번 살풀이를 한다든가?"

"에게!"

"에게?"

주목란이 고개를 가로저으며 말했다.

"이 대가도 약해지셨네요."

"주 군주, 뭔가 날 너무 과대평가하는 거 같은데?"

"과대평가가 아니라 정확하게 파악하고 있는 거예요. 제가 아는 이 대가라면 이런 부조리한 일을 만났을 때 결코 자신의 뜻을 굽히지 않을 테니까요."

"흠."

이현이 주목란을 잠시 바라봤다. 그녀의 진실한 의중이 뭔지 읽고 싶었기 때문이다.

그러나 주목란은 여전히 속내를 드러내지 않았다.

다구를 들어 다시 찻물을 한 모금 입에 담은 그녀가 모용조경에게 말했다.

"모용 동생은 정말 황후가 될 마음이 없는 거야?"

"그 건에 대해선 이미 제 마음을 밝혔습니다만?"

"아쉽네."

주목란이 자리에서 일어섰다.

"자리를 피해줄 테니, 원하는 대로 이 대가와 시간을 보내도록 해. 하지만 이거 하나는 알아두는 게 좋아."

"말씀하세요."

"모용 동생이 생각하는 것 이상으로 이 대가는 강적이야. 아마 수천 명의 천하절색들에게 둘러싸여 있는 황제 폐하의 마음을 휘어잡는 것 이상으로 꼬시기가 쉽지 않을 거야."

"……"

주목란이 모용조경의 어깨를 가볍게 도닥이고 방을 빠져나갔다.

第六章

13황자의 호위를 맡은 한빙신마 단사령!

"으악!"

복도에 찰싹 달라붙어서 방 안의 동정을 살피고 있던 악영인이 나직이 비명을 터뜨렸다.

기척도 없이 갑자기 열린 방문.

그 앞에 서 있는 주목란의 모습에 대경실색한 것이다.

그러나 그녀의 태도 변화는 재빨랐다.

후다닥!

순간적으로 복도에서 떨어진 악영인이 쏜살같이 뒤로 물러나기 시작했다.

스스스스슥!

거의 발이 보이지 않을 정도다.

그렇게 악영인은 순식간에 까마득하게 먼 복도 끝까지 물러났다. 마치 처음부터 그곳에 있었던 것처럼 말이다.

주목란이 방문을 닫고 말했다.

"악 공자, 잠깐 나랑 산책이나 할까요?"

"아니, 나는 저기……."

"산책하자구요!"

살짝 강해진 주목란의 말에 악영인이 얼른 고개를 숙여 보였다.

"…예!"

　　　　　　*　　　　　*　　　　　*

"흠."

이현은 느닷없는 주목란의 퇴장에 난감한 표정이 되었다.

눈앞의 모용조경!

서안성에서 이현에게 매우 단호하게 책임을 강조했던 여자!

그래서 이현은 성현의 법도를 들어서 그녀를 적당하게 떼어냈다. 일단 각자의 집안에 말해서 어른들의 허락을 얻은 후 매파를 보내겠는 감언이설(甘言利說)로 위기를 넘긴 것이다.

그렇다.

위기일발의 상황을 이현은 목연의 가르침으로 넘겼다. 자칫 모용조경이란 미인의 늪에 빠져서 허우적거릴 뻔 했던 위기에서 벗어나는 데 성공했다.

'쳇! 그런데 이렇게 빨리 그녀와 다시 만나게 될 줄이야!'

내심 혀를 찬 이현이 짐짓 안색을 굳혔다.

"모용 소저, 실망스러운 재회로구려!"

"예? 그게 무슨……."

"모른 척하지 마시오! 모용 소저는 전날 나와 한 약속을 잊고 주 군주의 말에 부화뇌동(附和雷同)한 것이오!"

"…부화뇌동이라니, 말이 너무 심하시군요!"

"전혀 심한 말이 아니오! 주 군주는 이번에 날 크게 곤란하게 만들려 했소. 그런데 그런 일에 모용 소저가 도움을 줬다니, 정말 실망스럽기 이를 데 없구려."

"그건……."

잠시 말끝을 흐린 채 이현을 바라보던 모용조경이 입술을 살짝 깨물었다.

"…제 생각이 짧았습니다. 용서해 주세요."

'그렇지!'

내심 주먹을 불끈 쥐어 보인 이현이 짐짓 굳은 표정을 풀지 않고서 말했다.

"그래서 모용 소저는 어떤 이유로 무산이와 함께 북경에 온 것이오? 두 사람은 함께 다니기 껄끄러운 사이였을 텐데?"

"……."

모용조경이 잠시 고민하는 표정을 지어 보였다. 악영인과 한 약속 때문이 아니다. 그녀는 악영인이 사실은 여자라는 것을 이현에게 털어놓는 것에 부담감을 느꼈다.

'악 소저는 분명히 이 공자를 좋아하고 있다! 그렇지 않다면 어째서 이 공자의 곁에 그렇게 죽어라 들러붙어 있으려 하겠어? 그런 상황에서 만약 그녀가 여자란 걸 이 공자가 알게 된다면 어떻게 될까?'

예측불허다.

모용조경이 그동안 지켜본 이현은 결코 쉽사리 속내를 읽을 수 없는 사람이었다. 자신에 대한 그동안의 태도로 볼 때 전혀 가늠되지 않았다.

하물며 지금 그의 곁엔 초강적이라 할 수 있는 주목란이 있었다. 그녀 한 명만 해도 신경 쓰이는 터에 악영인 같은 혹을 또 들러붙게 하고 싶진 않았다.

'게다가 약속은 약속이야! 당 소저에게 한 약속을 지키지 않는다면 본가와의 혈맹지약을 깬 악가와 뭐가 다르겠어?'

내심 악영인과의 약속에 방점을 찍는 것으로 자존심을 살짝 지킨 모용조경이 침묵을 깨고 말했다.

"악 공자와는 북경으로 향하던 도중 우연히 만났을 뿐이에
요."

"우연히 만났다?"

"예. 그러니 우리 두 사람이 화해를 한 건 아닙니다."

"그렇군."

이현이 아쉬운 표정을 지어 보였다.

두 사람이 함께 북경에 온 걸 보고 내심 화해를 했다고 생
각했다. 어떻게 보든 두 사람은 함께 있는 것만으로도 한 폭
의 선남선녀도나 다름없었기 때문이다.

그때 모용조경이 화제를 바꿨다.

"그런데 이 대가는 황실에서 행해지는 어전비무대회에 참가
하기로 하셨다고요?"

"그런 것까지 주 군주가 말했소?"

"예, 그런데 주 군주님은 이 대가의 무위에 대해서 조금 우
려하는 것 같더군요."

"우려? 내 무위에 대해?"

"예."

"그렇게 무산과 모용 소저를 꼬드겨서 날 합공케 한 것이
오? 내 진실한 무공 수위를 파악하기 위해서?"

"이 공자님의 말씀대로예요. 주 군주님은 이번 어전비무대
회는 이전 대회들보다 훨씬 힘들고 어려우니, 이 공자님의 무

위에 대해 정확히 파악해 놓아야만 한다고 하셨어요."

"흠."

이현이 눈살을 살짝 찌푸려 보였다.

검치 노철령의 부탁을 들었을 때부터 이번 어전비무대회 출전이 쉽지 않을 것임은 짐작하고 있었다. 실제로 오늘 치러진 예선에서만 절정 급의 고수와 대결까지 벌여야만 했으니 말이다.

그런데 단지 그것뿐일까?

이현은 생각을 거듭하다 근래 두둑해진 아랫배를 어루만졌다. 연달아 격전에 가까운 싸움을 벌여서인지 배가 고파져 왔다. 연홍이 싸준 도시락 정도론 근래 늘어난 식욕을 충족시키기 어려웠던 것이다.

"모용 소저, 혹시 식사는 하셨소?"

"식사… 요?"

"그렇소. 내가 북경에 온 후 제법 괜찮은 요리집을 몇 군데 봐놨으니, 우리 함께 식사나 하면서 마저 대화를 나누도록 합시다."

"……"

모용조경이 문득 이현의 손이 아직 머물러 있는 아랫배를 바라봤다.

'이 공자… 살쪘네.'

첫 만남부터 이현과 격전을 벌인 바 있던 모용조경이었다. 그의 완벽하게 단련된 무인의 육체가 평소 입는 문사복 속에 감춰져 있다는 걸 익히 알고 있었다.

그런데 그 완벽한 무인의 육체가 못 본 새 금이 갔다.

문사복에 어울리지 않게 아랫배가 볼록하게 튀어나와 있는 것이다.

'주목란 군주, 이 공자를 먹을 걸로 꼬셨구나!'

모용조경은 머릿속에 환해지는 걸 느꼈다.

체한 것처럼 답답하던 속도 조금쯤 풀렸다.

이현이 주목란을 따라서 북경에 온 이유 중 하나가 밝혀졌다고 생각했기 때문이다.

그때 이현이 그녀에게 다급하게 말했다.

"모용 소저, 나랑 식사하는 게 싫은 것이오?"

"그럴 리가요?"

모용조경이 대답과 동시에 살짝 미소를 지어 보였다. 어느 때보다 환하고 아름다운 모습이다.

*   *   *

털썩!

악영인은 바닥에 주저앉았다.

주목란의 강권에 의해 청연장 이곳저곳을 둘러보느라 시간을 보내다 돌아왔는데, 이현이 보이지 않는다. 모용조경 역시 마찬가지다.

'그렇다는 건 두 사람이 함께 외출했다는 거잖아! 으아, 죽 쒀서 뭐 준다더니, 어째서 나한테 이런 일이 생기는 거냐아!'

악영인은 바닥에 주저앉은 채 온몸을 바둥거렸다.

근처에 주목란만 없다면 어린애처럼 대성통곡이라도 하고 싶은 심경이었다.

그러다 그녀가 주목란을 올려다봤다. 이 모든 것이 그녀 때문이란 생각에 가슴속에서 울분이 차올랐다. 그냥 보고만 있어도 화가 나는 것이다.

그러자 주목란이 특유의 의미 모를 미소와 함께 고개를 갸웃해 보였다.

"이 대가가 어딜 갔을까요? 으음, 모용 소저도 보이질 않네요?"

'놀리냐! 너 때문이잖아!'

악영인이 내심 버럭 소리 질렀다. 그러자 주목란이 다시 미소를 짓는다.

"후후, 그리고 보니, 이 대가가 배가 고파할 시간이로군요. 아침 일찍부터 준비하고 자금성에 들어가 어전비무대회 예선을 끝내고 돌아왔는데, 암습까지 당해야 했으니까 그 먹성 좋은 사람의 배가 등에 찰싹 달라붙었을 거예요."

"그, 그럼 어디로 갔을까요?"

"이곳의 주방이 아니라면 그동안 저와 함께 다닌 북경성 내의 이름 높은 요리점이겠지요."

"주방이 어딨습니까?"

"주방은 아니에요."

"어째서?"

"이 대가가 아무리 무뚝뚝한 사람이라도 모용 소저 같은 미인과 주방으로 음식을 훔쳐 먹으러 갔을 것 같진 않군요."

"그럼 요리점이로군요!"

버럭 소리 지른 악영인이 재빨리 신형을 일으키고 방을 뛰쳐나가려 했다. 주목란의 담담한 한마디가 없었다면 분명 그리했을 터였다.

"그 요리점, 어딘지 나는 대충 짐작되는군요."

"어, 어디죠? 거기?"

"궁금한가요?"

"당연하죠!"

"그럼 나랑 같이 가도록 하죠."

"예!"

언제 주목란을 원망했냐는 듯 환해진 표정으로 악영인이 있는 힘껏 대답했다.

　　　　*　　　　　*　　　　　*

　지밀대 안가.

　지밀대주 유청요는 눈살을 가볍게 찌푸렸다. 예상치 못했던 손님이 찾아왔기 때문이다.

　그런 그의 속내를 눈치챈 듯 13황자 주덕룡이 이를 드러내며 웃어 보였다.

　"유 공공, 놀라신 듯합니다?"

　"예, 조금 놀랐습니다. 설마하니 13황자님께서 칠황야와 뜻을 함께하실 줄은 소신도 몰랐거든요."

　"뭐, 세상사란 게 다 그렇지 않겠습니까?"

　"세상사라……."

　허허로운 표정을 지어 보이는 유청요에게 주덕룡이 슬며시 목소리를 낮춰 말했다.

　"유 공공, 이곳의 방비는 안심해도 되겠습니까?"

　"그 점은 염려하실 필요 없습니다. 이곳은 소신의 지밀대 중에서도 가장 은밀한 안가니까요."

　"그럼 칠황야께서 하신 말씀을 전달하겠습니다."

　"예, 소신 세이경청 하겠습니다."

　"이번 어전비무대회의 결승전!"

"……!"

유청요의 눈에서 미세한 안광이 번뜩였다가 곧 흔적도 없이 사라졌다. 칠황야가 13황자를 통해 전달한 밀명에 담긴 의미를 정확하게 파악했기 때문이다.

유청요가 미미하게 고개를 끄덕여 보이고 화제를 바꿨다.

"칠황야께서는 근래 남경 부근을 순시하면서 강남의 민심을 다독이고 있다 들었습니다. 뜻하시던 일은 잘 이뤄지고 있는지 모르겠습니다."

"순풍에 돛을 단 것이나 다름없다고 알고 있습니다. 본래 남경을 비롯한 강남의 호족들은 건문제가 퇴위한 이후부터 현 황조에 불만이 많았으니까요."

"허허, 13황자님, 그 같은 말은 위험합니다."

"아차차, 이곳은 북경이었지요?"

조금 호들갑스럽게 자신의 입을 가려 보인 주덕룡이 슬쩍 야심에 찬 표정으로 말했다.

"하나 내가 칠황야와 함께 돌아본 강남땅의 민심은 여전히 건문제에 대한 동정론이 많았습니다. 현 황실의 무능함에 대한 불만과 함께 말입니다."

"그 점을 칠황야께서 파고드신 것이로군요?"

"그렇습니다."

"그러고 보니, 칠황야께서는 아직 자식이 없군요? 그럼 이번 회천대업이 성공한 후 황태자의 자리는 자연스럽게……."

말을 끝내지 않고 유청요가 주덕룡을 손으로 가리키자 그의 얼굴에 문득 진한 홍조가 떠올랐다.

현 황제의 아들!

그러나 그는 태어났을 때부터 병약했고, 위로 열두 명이나 되는 형을 두고 있었다. 즉, 태어났을 때부터 황위와는 전혀 관련 없는 인생이었다. 중간에 칠황야가 내민 손을 붙잡지 않았다면 말이다.

'그런 점에서 칠황야에게 13황자는 쓸 만한 패 중 하나라고 볼 수도 있겠군. 이번 정변으로 현 황제를 갈아치우고, 황태자와 다른 황자들을 제거할 때 13황자는 분명히 요긴하게 쓰일 수 있을 테니까. 뭐, 그 뒤 쓸모가 다한 연후엔……'

굳이 길게 생각할 필요 없었다.

권력의 속성!

절대 누군가와 나눌 수 없는 탐욕의 덩어리!

그 가장 깊고 어두운 곳을 지키며 평생을 살아온 유청요에게 주덕룡의 미래는 너무 수월하게 보였다. 그가 지금 떠올리고 있는 장밋빛과는 완전히 다른 색깔로 잔뜩 칠해져 있음을 알 수 있었다.

그때 들뜬 표정을 거둔 주덕룡이 화제를 바꿨다.

"그래서 말인데, 칠황야께서 이번 어전비무대회에 지밀대의 힘을 빌리고자 하셨습니다."

"이를 말입니까? 소신 최선을 다해 칠황야님의 요청에 응하겠습니다."

"그럼 우선 어전비무대회에 제 사람 한 명을 출전시켜 주십시오."

"물론 13황자님과는 관련이 없는 것처럼 꾸며야 할 테지요?"

"과연 유 공공이십니다!"

환관답게 입속의 혀처럼 굴어주는 유청요에게 신이 나 엄지손가락을 추켜 보인 주덕룡이 허공을 향해 버럭 소리쳤다.

"유 공공께서 허락하셨으니 이만 들어오시게!"

"예!"

음울한 대답과 함께 두 사람만 존재했던 방 안에 회백색 그림자가 모습을 드러냈다.

그러자 그와 동시에 모습을 드러낸 흑의무인과 그의 칠흑을 닮은 검!

슥!

순간적으로 모습을 드러낸 회백색 장포의 중년인의 실같이 가는 눈매가 살짝 휘어져 올라갔다. 자신의 목에 겨눠진 흑의무인의 검이 못마땅한 듯싶다.

그러자 유청요가 손을 들어올린다.

"운종, 13황자님이 데려온 자이니 검을 거두게나."

"존명!"

운종이 칠흑의 검을 돌려 자신의 손바닥을 훑어 피를 먹인 후 납검했다.

'이자가 지밀대의 사신이라 불리는 운종이로군! 한번 검을 뽑으면 피를 보기 전에는 도로 집어넣지 않는다더니, 과연 명불허전이로구나!'

회백색 장포 중년인이 운종을 한차례 살피고 정중하게 고개를 숙여 보였다.

"소인은 칠황야님의 명으로 13황자님의 호위를 맡은 단사령이라 합니다."

"단사령? 설마 한빙신마?"

유청요가 놀란 표정으로 바라보자 단사령의 입꼬리가 살짝 치켜 올라갔다. 동창의 지밀대주인 유청요가 자신의 무명을 알고 있다는 것에 만족한 것이다.

놀란 건 운종 역시 마찬가지다.

'한빙신마 단사령이라면, 삼십 년 전 화산파의 운검진인에게 도전했다던 사파의 거마가 아닌가!'

한빙신마 단사령!

현재는 무림에서 사라진 사파의 거대세력 빙천마문의 문주이자 초절정 급의 고수이다.

그는 강대한 한빙공을 바탕으로 빙천마문을 만들고서 일세를 풍미했는데, 한동안 위세가 정말 당당했다.

꽤 오랫동안 지속하여 온 정파 천하의 한가운데에서 정파의 무수히 많은 고수들을 막강한 한빙공으로 박살 내며 빙천마문의 위세를 떨쳤던 것이다.

그러나 본래 달도 차면 기우는 법이고, 꽃의 피어남 역시십 일을 넘지 못한다 했다.

욱일승천하는 기세로 세력을 확장하던 단사령의 빙천마문은 어느날 갑자기 무림에서 사라졌다.

문주인 단사령이 화산파를 공격했다가 천하제일인 운검진인에게 패해 야반도주를 한 후 빙천마문에 사패의 정예가 한꺼번에 들이닥쳤기 때문이다.

산동성 제남의 동패 산동악가!

섬서성 서안의 서패 북궁세가!

호남성 장사의 남패 무적곽가!

산서성 태원의 북패 신창양가!

당금 천하제일세가로 불리는 서패 북궁세가가 중심이 된 사패 연합은 단숨에 빙천마문으로 들이쳤다. 놀랍게도 한날한시에 가문의 주전력 중 상당수를 집중시켜서 문주 단사령이 부재해 있던 빙천마문을 합공했고, 멸문시킬 수 있었다.

지밀대에서 조사한 바로는 당시의 싸움이 거의 작은 규모의 무림대전에 버금갈 정도였고, 양측의 사상자 역시 수천 명에 달했다. 비록 사패에게 멸문당하긴 했으나 빙천마문의 성세가 그만큼 대단했다고 볼 수 있겠다.

그 후 한빙신마 단사령은 죽은 것으로 알려졌다.

천하제일인 운검진인에게 패해 달아난 후 소식이 두절된 데다 빙천마문의 멸문 이후 무림에 전혀 행적이 알려지지 않았다. 만약 죽은 것이 아니라면 어찌 그럴 수 있겠는가.

'그런데 삼십 년이 지나 갑자기 반황제파의 중심인 칠황야 측의 무사로 모습을 드러내다니! 설마 그사이 칠황야 쪽에서 한빙신마를 숨겨주고 있었던 것인가?'

운종은 놀라움과 동시에 의문을 느꼈다.

칠황야와 한빙신마 단사령 사이의 연결 고리가 삼십 년 전부터란 사실을 믿기 어려웠기 때문이다.

그러나 그는 곧 가슴속 한구석에서 일어나는 호승심을 느꼈다.

눈앞의 한빙신마 단사령!

그는 종남파에서 마검협 이현이 배출되기 전, 천하제일인 운검진인에게 가장 가깝게 접근했던 존재였다. 평생 동창 지밀대의 그늘에서 지내야만 했던 운종의 입장에선 반드시 한 번쯤 무위를 견줘보고 싶다는 욕구가 일지 않을 수 없었다.

그런 운종의 내심을 읽기라도 한 것일까?

단사령의 실처럼 가는 눈이 문득 그를 향했다.

여우를 닮은 눈웃음!

운종은 이를 도발로 받아들였다.

꿈틀.

순간적으로 일어난 살인 충동을 운종은 억지로 참아냈다. 지금 단사령의 목에 칠흑의 검을 꽂아 넣을 순 없었다. 아직은 참아야만 할 때였다.

그때 놀란 표정을 수습한 유청요가 미미하게 고개를 끄덕여 보였다.

"과연 칠황야께서는 대업을 이룰 만한 분이시구려. 설마 한빙신마 같은 사람을 심복으로 거둬들였으리라곤……."

"지금은 제 호위무사입니다."

주덕룡의 우쭐한 말에 유청요가 담담하게 미소 지었다.

"…허허, 13황자님의 말씀이 옳습니다. 그럼 소신, 내일 중으로 단 대협을 어전비무대회에 참가하도록 조치를 취하겠습니다."

"유 공공만 믿겠습니다. 아! 그리고 한 가지 더 부탁드려도 되겠습니까?"

"말씀하십시오."

"이번 어전비무대회에 주목란 진무사 쪽에서 무사 한 명을 출전시킨다고 들었습니다."

"그렇다고 하더군요."

"그자를 한빙신마와 맞붙게 해주십시오!"

"어째서인지 물어도 되겠습니까?"

"이유는 묻지 말고 들어주십시오! 그러실 수 있겠습니까?"

"……."

유청요가 잠시 노기로 불타오르는 주덕룡을 바라보다 천천히 고개를 끄덕여 보였다.

"알겠습니다. 그렇게 조치하도록 하겠습니다. 아무래도 초반에 붙게 하는 편이 낫겠지요?"

"중반쯤으로 해주십시오. 그래야 미리 패배를 인정하고 도망치지 못할 테니까요."

"알겠습니다. 그럼 비무 중 생사를 겨루는 생사결 때에 맞붙을 수 있도록 조치를 취하겠습니다. 그런데 한 가지 우려스러운 점이 있군요."

"무엇이 우려스럽다는 겁니까?"

"한빙신마 단 대협은 물론 걱정이 안 됩니다만, 주목란 진무사 쪽 무사가 생사결 이전에 탈락할 수도 있지 않겠습니까?"

"그건 염려할 필요 없습니다."

중간에 불쑥 끼어든 단사령의 말에 유청요의 눈이 슬쩍 이채를 발했다.

"혹시 단 대협은 그 무사와 구면이신 것이오?"

"……."

단사령은 대답 대신 슬쩍 미소를 지어 보였다. 그러자 주덕룡이 짜증 어린 표정을 한 채 목소리를 높였다.

"며칠 전 우연히 만난 적이 있습니다! 그놈이 감히 날 공격했었지요!"

"저런!"

유청요는 나직이 혀를 차고 더는 질문하지 않았다. 주덕룡이 신비에 싸인 주목란의 무사에게 화가 난 이유를 대충 짐작할 수 있었기 때문이다.

'그러고 보니, 13황자는 어려서부터 주목란 군주와 의가 좋았다던가? 주목란 군주는 병약한 사촌 동생으로 여기고 있으나 13황자는 그렇게 생각하지 않았던 것 같군.'

유청요가 내심 고개를 가로젓고 다시 단사령을 바라봤다.

그의 내심을 읽기 힘든 실눈.

과연 칠황야가 품을 만한 그릇인지 의문이 든다. 이후 세밀한 뒷조사를 해봐야 할 듯싶다.

                    *   *   *

  13황자 주덕룡과 그의 호위무사 한빙신마 단사령이 떠나고
얼마나 지났을까?

  홀로 상급의 용정차를 음미하며 시간을 보내던 유청요가
갑자기 불쑥 입을 열었다.

  "할 말이 있으면 해보도록 해!"

  슥!

  운종이 그의 앞에 모습을 드러내자마자 바닥에 머리를 박
았다.

  "대주님께 한 가지 청이 있습니다!"

  "말해봐!"

  "이번 어전비무대회에 참가하고 싶습니다! 부디 허락해 주
셨으면 합니다!"

  "……."

  유청요가 수중의 다구를 다탁에 내려놓고 잠시 운종을 바
라봤다.

  눈앞의 무인!

  지밀대의 사신이라 불리는 그늘 속의 동창 최강자!

  만약 그가 목숨을 건다면 황궁제일고수라 불리는 검치 노
철령이라 해도 쉽게 여길 수 없을 터였다. 적어도 팔목 하나

정도는 내줘야만 그를 죽일 수 있을 거란 게 유청요의 평가였다. 물론 싸움이란 건 실제로 대결해 봐야 알 수 있는 법이지만.

그러니 이런 갈구는 뭘 의미하는가?

강자!

절대적인 강자!

그와 직접 싸워서 자신의 강함을 인정받고 싶다는 욕구일까? 아니면 유청요조차 알 수 없는 어떤 숨겨진 의도가 있는 것일까?

'뭐, 쓸데없는 생각이려나? 이미 마음을 굳힌 지밀대의 사신을 가로막을 건 아무것도 없으니 말이야!'

내심 쓰게 웃어 보인 유청요가 천천히 고개를 끄덕였다.

"우승은 하지 말게."

"단 한 명만 꺾으면 족합니다."

"단 한 명인가……."

"예."

"…흠."

운종에게서 시선을 뗀 유청요가 다시 다구를 집어 들었다. 모든 차가 그렇지만 항주에서 공수해 온 용정차는 특히 식으면 맛이 없어진다.

　　　　　*　　　　　　*　　　　　　*

　자금성.

　오전부터 위무관에는 삼삼오오 사람들이 모여들기 시작했다.

　물론 평범한 이들이 아니다.

　천하각지에서 몰려든 각양각색의 복색을 한 무인들!

　그들은 놀랍게도 자금성 내에 병장기를 패용하고 들어왔는데, 그래서인지 위무관 주변의 경계는 삼엄하기 이를 데 없었다.

　위무관에 마련된 거대한 규모의 비무대와 관전석 부근에 수백 명이 넘는 금의위 위사들이 집결해 있었다.

　겉으로 보이는 것만 그러했다.

　아마 위무관 주변을 불쑥불쑥 치솟아 있는 전각의 지붕 위에는 금의위 위사를 훨씬 뛰어넘는 수의 궁수가 배치되어 있을 터였다. 만약의 사태에 대비하기 위해서 말이다.

　그런 삼엄한 경계 속으로 이현은 주목란과 함께 어슬렁거리며 걸어 들어갔다.

　"휘이이!"

　이현이 나직이 휘파람을 불자 주목란이 어깨를 가볍게 때렸다.

탁!

"왜?"

"요!"

"주 군주님, 왜 그러시는지요?"

이현이 얼른 정중하게 어투를 바꾸자 주목란이 주변 위사들을 둘러보며 말했다.

"오늘부터 벌어지는 본선은 예선과 완전히 분위기가 달라요. 어전비무대회의 본선을 관전하기 위해 황족이나 고관대작들이 오기 때문에 절대 긴장을 풀어선 안 된다는 걸 명심하세요!"

"예! 예!"

"그런 불량스러운 짓을 하지 말라는 거예요!"

주목란이 다시 타박하자 이현이 입술을 삐죽 내밀어 보였다. 벌써부터 예선 때 풍족한 도시락을 싸왔던 연홍이 그리워지고 있었다.

주목란의 갈색 눈이 살짝 가늘어졌다.

"누굴 그리워하는 거예요?"

"아니, 나는 아무것도……."

"그러는 편이 좋을 거예요. 나중에 내가 싸온 도시락 맛을 보고 싶다면요?"

"…도시락!"

이현이 격렬한 반응과 동시에 김이 팍 샌 표정을 지어 보였다. 주목란이 무척 재주가 많은 여인인 건 알고 있으나 음식 솜씨만은 믿기 힘들었기 때문이다.

주목란의 눈매가 매서워졌다.

"이 대가는 아직도 제가 십 년 전의 철부지라 생각하고 있군요?"

"그럼 그동안 음식 솜씨가 확 늘어난 것입니까?"

"전혀요! 무공 익히기 바쁘고, 금의위에 들어와서 공적을 세우기 바쁜 나날이었어요. 어떻게 음식까지 신경을 쓸 여유가 있었겠어요?"

"……."

"하지만 이 대가도 알다시피 제가 음식을 좀 까다롭게 보는 편이에요. 그런 기준으로 이번 도시락을 쌌으니까 맛에 대해선 염려하지 않아도 될 거예요."

"그렇다는 건……."

"당연히 직접 싸지 않았어요. 내가 이래뵈도 군주잖아요?"

'만세!'

이현이 내심 번쩍 손을 들어 보이며 환호작약했다. 오늘도 즐거운 마음으로 점심시간을 보낼 수 있겠다는 생각을 한 것이다.

그때 두 사람을 향해 금갑전포 차림의 무장이 빠른 걸음으로 다가왔다. 전날 예선에서 이현과 무공을 겨룬 적이 있던 무적철혈도 팽무군이었다.

그가 주목란을 발견하고 정중하게 공수했다.

"주 진무사!"

"팽 진무사!"

주목란이 역시 팽무군에게 공수하고 이현을 소개했다.

"이쪽은 청양의 이현 소협. 이번에 내 추천으로 어전비무대회에 참가한 무사예요."

"그랬군요."

팽무군이 안색을 찌푸린 채 대답하고, 이현을 살기 어린 시선으로 바라봤다.

전날 그는 이현과 겨루다 대패를 당한 바 있었다.

내심 비슷한 또래에서 천하무적이라 생각하고 있던 터라 이번 패배로 입은 충격은 보통이 아니었다. 만약 주목란이 곁에 없었다면 당장 패도를 빼들고 다시 이현과 승부를 겨루고 싶은 심정이었다.

물론 속마음만 그랬다.

그는 얼른 이현에게서 살기 어린 시선을 거두고 주목란에게 말했다.

"곧 본선이 시작입니다. 주 진무사는 귀빈석으로 이동하는 게 어떻겠습니까?"

"잠시 후에 그리로 가도록 하죠."

"……"

팽무군이 주목란을 잠시 의혹 어린 표정으로 바라보고 고개를 끄덕여 보였다. 자존심이 하늘을 찌르는 그였으나 겸치 노철령의 제자이자 군주인 주목란에겐 한 수 양보할 수밖에 없었던 것이다.

第七章

주둥이 닥치고 칼이나 들어라!

　이현이 빠른 걸음으로 멀어져 가는 팽무군을 바라보며 나직이 중얼거렸다.

　"아깝구만."

　"뭐가 아깝다는 거죠?"

　"젊은 놈이 벌써부터 사도에 빠져서 아깝다는 겁니다."

　"사도에 빠졌다는 건 팽 진무사를 말하는 건가요?"

　"하북팽가의 오호단문도는 천하 10대 도법 중 하나에 들어갈 만한 절기고, 저자 역시 어려서 천재 소리를 들었을 만한 무골을 타고났습니다. 그러니 정상적으로만 절차를 밟아 무공 수련에 매진했다면, 오십 이전에 초절정의 영역에 살짝 발 정도는 내딛었을지도 모르는데…….”

“네?”

이현이 천천히 고개를 저어 보이며 말을 아꼈다. 진짜로 팽 무군에게 아쉬움을 느꼈기 때문이다.

그러자 주목란의 눈꼬리가 치켜 올라갔다.

“왜 중간에 말을 끝내는 거예요? 그럴 거면 아예 말을 시작 하지나 말지!”

“그건 나도 모르게…….”

“그럼 끝을 봐요! 사내답지 않게 간보지 말구요!”

단호한 주목란의 말에 이현이 어깨를 가볍게 추어 보였다. 십 년 전과 완연히 달라진 듯 보이는 주목란이나 타고난 불꽃 같이 강렬한 성격은 여전했다. 겉으로 보이는 아름답고 부드 러운 모습과 달리 속에는 백 번이나 두드려서 완성된 한 자루 의 강철검이 존재하고 있는 것이다.

‘하긴 그 정도 재능과 성격이 있었기에 검치 노야께서 왕부 의 장중보옥을 자신의 제자로 받아들인 것일 테지.’

내심 고개를 가로저은 후 이현이 말했다.

“저 친구, 마공을 익힌 것 같아.”

“팽 진무사가 마공을 익혔다고요?”

“그렇소. 그것도 꽤나 저질스러운 마공을 익힌 것 같은데,

그로 인해 한동안은 무공이 급증하겠지만 절정에 도달한 지금에 와선 오히려 커다란 독으로 작용하고 있을 것이오. 마공의 영향으로 절정에는 빨리 올랐으나 초절정은 꿈조차 꾸지 못하게 된 것이지."

"은근슬쩍 말 짧게 하지 말고요!"

"예! 예!"

"대답도 그렇게 하지 말고요!"

"……."

다시 연달아 타박을 들은 이현이 입을 꾹 다물었다가 갑자기 화제를 바꿨다.

"그래서 왜 무산이와 모용 소저는 끌어들인 것이오?"

"참 빨리도 묻네요?"

"내가 본래 천생무골과 끈기를 제외하면 남는 게 잘생긴 얼굴밖엔 없는 사람이오. 그러니까……."

"됐고요!"

재빨리 이현의 자화자찬을 자른 주목란이 주변을 살펴보고 말했다.

"그런데 그보다 먼저 물어볼 게 있지 않나요?"

"느닷없이 누군가의 간곡한 부탁으로 출전한 어전비무대회의 예선을 치르느라 배고프고 지친 나를 여럿이서 암습한 이유 말이오?"

"그렇게 장편 소설처럼 늘여서 설명할 필요는 없잖아요?"

"그럼 짧게, 왜 그런 거요?"

"이 대가의 현재 능력에 대해서 사부님의 시각이 아닌, 저 자신의 눈으로 확인하고 싶었거든요."

"검치 노야가 이번 어전비무대회에 벌여놓은 천라지망에서 내가 충분할 정도로 활약할 수 있을지에 대해서 말이오?"

"단지 그것만은 아니에요."

"그러면?"

"저는 이 대가가 다치는 게 싫어요."

"⋯⋯."

"그래서 이 대가의 능력이 제 예상에 못 미친다면 어제 제압한 후 북경에서 떠나게 할 생각이었어요."

"검치 노야를 배신하겠다는 것이오?"

"이 대가를 대신할 사람들을 미리 준비했으니까 괜찮아요."

"누구? 아!"

이현이 의혹 어린 표정을 지었다가 나직하게 탄성을 발했다. 주목란이 자신을 대신해 확보한 어전비무대회에 참가시킬 고수 두 명이 누군지 깨달았기 때문이다.

"그 둘로 되겠소?"

"그 외에도 몇 명 더 준비했어요. 물론 그렇다고 해서 이 대가의 빈자리를 채울 정도는 아니지만요."

"과연!"

이현이 주목란에게 슬쩍 고개를 숙여 보였다. 비로소 그녀가 어제 벌인 일에 대해서 대충 이해할 수 있을 것 같았다.

그때 두 사람에게서 그리 멀지 않은 곳에 미리 와 있던 악영인과 모용조경이 눈인사를 보내왔다.

두 사람은 오늘부터 벌어지는 어전비무대회 본선에 참가하게 되었으나 이현과는 따로 움직이기로 했다. 각자 다른 조에 속해 본선을 치르기로 약속했기 때문이다.

이현이 말했다.

"그런데 저 두 사람은 언제까지 이용할 생각이오?"

"신경 쓰이시나요?"

"조금."

"조금?"

주목란의 얼굴에 놀리는 기색이 잔물결처럼 넘실거렸다. 타고나기를 자유로운 영혼 그 자체인 이현에게 우위를 점한 채 놀려먹을 기회란 그리 많지 않다. 약점 하나를 잡았으니 있는 힘껏 사용해 볼 작정이었다.

이현 역시 그 점을 인식한 것일까?

살짝 눈살을 찌푸려 보인 그가 퉁명스럽게 말했다.

"그런 식으로 날 놀릴 수 있는 날도 그리 많이 남진 않았다는 걸 주 군주가 알아줬으면 좋겠소."

"그 얼마 남지 않은 날을 한껏 즐겨야겠군요?"

"……."

이현이 살짝 인상을 써 보이고 고개를 돌렸다. 주목란과 더 대화하지 않겠다는 의지의 표명이다.

그러자 주목란이 다시 화제를 바꿨다.

"곧 본선이 시작되겠군요. 어머, 악 소협이 비무대로 올라가고 있네요!"

'무산이가 첫 번째로 시작하는 건가?'

이현의 시선이 자연스럽게 비무대로 향했다.

악영인의 무위!

충분할 정도로 알고 있다. 그동안 몇 차례나 싸워봤고, 북궁창성과의 비무 심판을 숱하게 봐왔으니까.

당연히 그의 강함에 대한 의심은 없으나 이번 어전비무대회는 정말 이상했다. 검치 노철령의 속내는 둘째치고, 생각 이상으로 많은 강자들이 본선에 집결해 있었다. 놀랍게도 이현의 확장된 기감의 영역 밖에 숨어 있는 초강자까지 있는 것이다.

'이깟 황실의 비무대회에 천하에 몇 명 안 되는 초절정 급 고수까지 참가했다니, 정말 골 때리는구만! 게다가 하나같이 살기를 잔뜩 머금고 있는 게 흡사 정사대전이라도 벌일 듯한 태도들이잖아?'

정사대전!

혹은 정마대전이나 마천대전이라 일컬어지는 용어가 사라진 지 오래된 정파 천하!

전대나 전전대의 노강호들이 아닌 한 그 가혹함을 실질적으로 느낀 자는 없다고 봐도 무방하다. 그만큼 꽤나 오랫동안 대규모의 무림대전은 벌어진 적이 없었으니까.

그러나 이현은 출종남천하마검행을 통해서 꽤나 많은 피투성이 싸움을 벌인 바 있었다. 개인적으론 정사대전에 준하는 경험을 많이 해봤고, 그 속에 깃든 치열함과 살기 역시 어느 정도까진 이해한 상태였다.

그러니 그가 지금 어전비무대회 본선을 앞두고 느끼는 이 위기감은 꽤나 심각하다고 할 수 있었다. 이곳이 다름 아닌 천하의 중심이자 하늘신의 아들이라 불리는 황제의 거처, 자금성인 걸 감안하면 말이다.

그때 상념이 잠긴 이현의 눈동자 속으로 비무대 위로 오르는 악영인의 모습이 보였다.

여전히 꽃같이 잘생긴 외모.

한 손에 느슨하게 들려 있는 장창!

평범해 보이나 꽤나 가벼운 몸놀림으로 비무대에 뛰어오른 악영인은 평상시 이현이 아는 그대로였다. 특별히 다른 점을 전혀 느낄 수 없었다.

'뭐, 괜찮겠구만.'

이현이 내심 고개를 끄덕이고 있을 때였다.

슥!

악영인과 반대편 방향에서 한 명의 회백색 무복 차림의 중년인이 뛰어올랐다.

악영인과 달리 아무런 병장기도 없는 적수공권(赤手空拳)!

병기술이 아니라 권장지술에 특화된 무공을 익힌 자로 보인다.

악영인이 장창을 든 채 공수하며 말했다.

"본인은 산동성 악가의 자제, 무산이올시다! 이번 비무에서 한 자루 장창을 사용할 생각이니, 귀하도 병기 하나를 고르기 바라오!"

"오오! 산동악가!"

"산동악가에서 올해 어전비무대회에 참가했구나!"

"벌써 몇 년째 단 한 명의 자제도 내보내지 않더니……."

비무대 여기저기에서 탄성이 흘러나왔다.

하긴 무리도 아니다.

산동악가는 천하 사패 중 하나일뿐더러 군문과 병가의 명문으로, 항상 어전비무대회의 가장 큰 우승 후보 가문이라 할

수 있었다. 실적으로 봐도 같이 사패에 속한 신창양가나 하북
팽가 등과 어전비무대회의 우승을 3분할 할 정도였다.

그러나 근래 위의 세 가문은 약속이라도 한 듯 어전비무대
회에 자손들의 출전을 자제시키고 있었다. 군이 어전비무대회
를 통하지 않더라도 얼마든지 병부나 금의위 등에 자손들을
진출시킬 수 있었기 때문이다.

그래서였을까?

세 가문 자손들의 출전이 뜸해진 것과 함께 어전비무대회
는 꽤나 험악해졌다.

예선은 한층 철저해졌고, 그같이 까다로운 검증 과정을 거
쳐 본선에 오른 실력자들은 우승자가 되기 위해 피투성이 싸
움을 벌여댔다. 본선 비무대에 오른 순간부터 상대를 죽이지
않으면 자신이 죽는다는 각오로 혈전을 벌이는 일이 빈번해
졌다. 마치 뭔가 우승보다 훨씬 더 중요한 것이 존재라도 하는
것처럼 말이다.

그때 비무대 주변의 소란 속에 회백색 복장의 중년인이 냉
담하게 말했다.

"나는 모충현. 병기 따윈 필요 없다!"

"그 결정, 후회하지 않겠소?"

악영인이 눈살을 찌푸리며 다시 확인하자 모충현이 자신의
하얗고 가느다란 손을 들어 올렸다. 악영인의 권유를 이제 와

서 따를 생각 따위는 없어 보인다.

'건방진 자로군! 실력이 없는 자 같진 않지만.'

악영인이 내심 인상을 써 보이고 수중의 장창을 바닥에 박았다. 적수공권인 사람을 상대로 가문의 악가신창술을 사용하고 싶진 않았기 때문이다.

대신 그는 악가 비전의 영현일기신공을 최대치로 일으켰다.

권장지술에 자신감을 드러낸 자!

똑같은 권장지술로 박살을 내줄 작정이었다. 그것도 아주 빨리 말이다.

그런데 바로 그때였다.

슥!

모충현이 갑자기 움직였다. 악영인이 영현일기신공을 일으킨 것과 거의 동시에 신형을 귀영처럼 변화시켜 간격을 좁혀 들어온 것이다.

그리고 빠르게 확장된 한 쌍의 소수(素手)!

'윽!'

악영인이 내심 신음을 토했다.

허를 찔렸다는 판단!

게다가 생각 이상으로 빠르다. 악영인이 전혀 반응을 보이지 못할 정도로 말이다.

그러니 몸으로 받아낼 수밖에!

쾅!

악영인이 영현일기신공을 호신공으로 전환해서 모충현의 소수에 담긴 음울한 기운을 받아냈다. 그의 소수공을 일단 호신공으로 막아낸 후 반격을 꾀할 생각이었다.

하나 이게 어찌 된 일인가!

찌르르!

악영인은 모충현의 소수공을 받아낸 어깨 부근이 싸늘하게 얼어붙는 걸 느꼈다. 놀랍게도 그의 영현일기신공이 단숨에 박살 나버린 것이다.

휘청!

악영인이 신형을 가볍게 흔들었다. 단숨에 치명타를 당해버린 것인가?

그렇진 않았다.

휘릭!

순간, 악영인이 신형을 기쾌하게 회전하며 철산고를 펼쳐냈다. 허리에 탄력을 이용해 회전의 힘을 담아 어깨와 등판으로 다시 소수공을 펼치려던 모충현에게 부딪쳐 갔다.

스스슥!

그러자 모충현이 예의 신법을 이용해 뒤로 신형을 물렸다.

딱 악영인의 철산고를 피할 만큼의 영역!

팍!

이어 그가 발끝을 놀려 바닥에 박혀 있던 장창을 걷어차 악영인에게 날렸다.

탁!

악영인이 장창을 낚아챘다. 여전히 소수공에 얻어맞은 반신의 마비가 풀리지 않아서 동작이 조금 어색하다.

모충현이 말했다.

"창을 사용해라!"

"후회할 것이오!"

"……"

모충현은 대답 대신 다시 한 쌍의 소수를 치켜 올렸다.

*   *   *

"이건… 위험하군."

이현이 나직이 중얼거리자 주목란이 그를 돌아보며 말했다.

"누구한테 하는 소리죠?"

"누굴 것 같소?"

"모충현?"

"틀렸소!"

"그럼?"

주목란이 눈살을 가볍게 찌푸려 보이자 이현이 비무대 위에서 시선을 떼지 않은 채 설명했다.

"이미 무산이는 패했소. 그런데 갑자기 저 모충현이란 자는 쓸데없이 뒤로 물러나며 창을 건네줬소. 그 이유가 무엇이겠소?"

"설마……."

"그 설마가 사실일 것이오. 모충현은 지금 무산이를 죽일 작정을 한 것이오."

"……."

주목란이 다시 눈살을 찌푸려 보였다.

이현의 안목을 무시하는 건 아니나 그녀가 아는 악영인은 그리 약한 사람이 아니었다. 특히 창을 들었을 때는 거의 무적이나 다름없었다. 그녀의 심복인 양홍걸조차 그 점에 대해선 인정했을 정도였다.

그런데 모충현이 창을 고의로 건네준 게 죽이기 위함이라니!

어전비무대회 본선에서 자주 사망 사고가 일어나긴 하나, 굳이 모충현이 그럴 이유가 있나 궁금했다. 혹시 악영인이나 산동악가와 과거 모종의 원한을 맺었던 것일까? 하지만 그렇다면 굳이 왜 악영인에게 창을 건네준 것일까? 그냥 공격해서 죽이는 게 더 쉬울 터인데.

그때 이현이 다시 중얼거렸다.

"저 모충현이란 놈! 자신보다 약한 자를 괴롭히는 걸 좋아하는 놈이로군. 그중에서도 아주 저질이야."

"그 정도로 두 사람 간의 무공 격차가 많이 난다는 건가요?"

"한 요정도 만큼?"

이현이 손가락 두 개를 거의 맞붙을 정도로 만들어 보였다. 아주 자세히 보지 않는다면 두 손가락 사이의 간격을 파악하지 못할 정도였다.

주목란이 의문을 제기했다.

"그보다는 더 차이가 나는 것 같던데요?"

"무공으로만 보면 그렇소."

"그럼 무공 외적인 부분은 뭐죠?"

"실전 능력이랄까? 경험이랄까?"

"하긴 악 공자는 관외에서 특수 부대인 혈사대를 이끌면서 전공을 무척 많이 세웠다고 하더군요. 그만큼 많은 실전 경험이 있으니까 무공의 격차를 메꿀 수도 있겠군요?"

"아니, 오히려 그 경험 때문에 저자와의 격차가 벌어진 것이오."

"예?"

"무산이가 관외에서 경험한 실전은 어디까지나 다수의 약자들을 상대로 한 것이었소. 아마 다수의 약한 적을 상대하는 거라면 저 모충현이란 자보다 무산이가 월등히 우월할 것이오. 하지만 무림의 싸움이란 건 그런 것이 아니오."

"악 공자에겐 무림에서 강적들과 싸운 실전 경험이 부족한 것이로군요? 하지만 그렇다면 이 대가의 말은 모순되지 않나요?"

"전혀 그렇지 않소. 무산이는 나를 만났으니까. 하지만 너무 멋을 부려서 처음부터 악가신창술을 사용하지 않은 탓에 모충현이란 자의 술수에 말려들고 만 것이오."

"아!"

주목란이 나직이 탄성을 발했다. 비로소 이현이 한 말의 의미를 파악했기 때문이다.

'악 소저가 관외에서 혈사대를 이끄는 동안 고착화되고 정형화된 무공의 문제점을 이 대가는 그동안 고쳐주고 있었던 거로구나! 그래서 저 모충현이란 자와의 무공 격차를 줄일 수 있었던 것이고.'

빠르게 생각을 정리한 주목란이 말했다.

"그럼 이 싸움, 빨리 말려야 하는 게 아닌가요?"

"그건 안 되지. 무산이가 절대 듣지 않을 테니까."

"그러다 악 공자가 저 모충현이란 자의 뜻대로 죽기라도 하면 어쩌려고요?"

"그렇겐 내가 놔두지 않을 것이오."

"어떻게요?"

"두고 보면 알 것이오."

담담한 한마디와 함께 이현의 눈이 담담한 기운을 발했다.

*　　　　　*　　　　　*

파팟!

악영인이 수중의 장창으로 모충현에게 맹렬한 일격을 가한 후 눈살을 가볍게 찌푸렸다.

방금 펼친 무형쌍호난!

평상시 위력의 절반밖에 되지 않는다. 모충현의 소수공에 일격을 당해 얻은 몸의 마비가 여전히 풀리지 않았기 때문이다.

당연히 허점이 완연한 공격이었다.

완성되지 않은 악가신창술인 터라 위력 역시 제대로 반감되었다.

그래서 그녀는 은연중 함정을 파놓았다.

불완전한 무형쌍호난의 배후에 맹룡창격술을 숨겨놓은 것이다. 모충현이 무형쌍호난의 허점을 노리고 파고들 때 회심의 일격을 가할 작정이었다.

'그런데 저렇게 뒤로 물러나 버리다니! 설마 내 의도를 눈치

챈 것인가?'

그렇다면 골치 아프다.

현재의 몸 상태로 악영인은 오래 버틸 수 없었다.

최선을 다해 영현일기신공을 운기하고는 있으나 몸속에 침투한 한기를 막기엔 역부족이었다. 점차 마비의 정도가 심해지고 있었다. 정말 무시무시한 음한지기였다.

그러니 악영인으로선 장기전은 피해야만 했다.

단기 결전만이 그녀가 취할 수 있는 마지막 수인 것이다.

'하지만 저자도 그 같은 사실은 이미 눈치챈 것 같구나! 그러니 어쩐다?'

악영인은 모충현에게 연달아 악가신창술의 절초를 쏟아내며 고민했다.

어전비무대회!

처음부터 우승 따위는 생각하지도 않았다.

그냥 중간 정도까지 오르는 동안 비무 장소인 위무관에 머물 이유를 만드는 것이 목표였다.

그런데 첫날 탈락하게 생겼다.

그것도 절대 지고 싶지 않은 야비한 자의 암습 때문에 말이다.

그때 모충현이 그녀의 창격의 그림자 안으로 불쑥 파고들어왔다.

'시간을 끌려는 게 아니었던 건가?'

악영인이 인상을 쓰면서 장창을 치켜 올렸다가 강하게 밑으로 내려쳤다.

미리 준비하고 있던 맹룡창격술!

순간, 하늘에서 포효하는 용처럼 똬리를 틀며 울부짖는 장창!

갑자기 몇 배나 배가된 악가신창술의 압력에 모충현의 신형이 주르륵 뒤로 밀려났다. 충분히 준비된 맹룡창격술에 담겨 있는 패도를 감당하지 못한 것이다.

아니다.

그렇지 않았다.

슥!

갑자기 뒤로 물러난 듯싶던 모충현의 신형이 분신을 만들어냈다.

두 개?

아니, 그보다 훨씬 많다. 순식간에 십수 개로 분신을 이루며 맹룡창격술의 패도 사이로 파고든다. 마치 모충현이란 사람 십여 명에게 합공을 당하게 된 것이나 다름없는 형국!

빙글!

악영인이 장창과 함께 신형을 회전시켰다.

그리로 주르륵 창대에서 미끄러진 손!

그녀의 손이 창대의 끝부분을 붙잡은 채 맹렬한 회전을 일
으켰다.

참마광륜격!

악영인을 중심으로 일어난 거대한 창격의 회오리가 단숨에
작은 용권풍을 만들어냈다. 맹룡창격술 사이로 파고들던 모충
현의 분신 십여 명을 한꺼번에 용권풍으로 날려 버린 것이다.
휘청!
악영인의 신형이 가볍게 비틀거렸다.
맹룡창격술에 이어 참마광륜격을 연달아 펼쳐내느라 진기
가 거의 고갈되어 버렸다. 몸속에서 연신 영현일기신공을 공
격하고 있던 정체불명의 음한지기가 빠르게 확산되고 있었다.
그때였다.
슥!
참마광륜격이 만들어낸 용권풍에 산산조각이 난 듯싶던 모
충현의 분신 중 하나가 불쑥 모습을 드러냈다.
공중!
그것도 장창에 몸을 기댄 채 헐떡이는 악영인의 머리 위다.
어느새 간격을 극단적일 정도로 좁혔다. 그녀를 자신의 마음
대로 할 수 있는 위치까지 말이다.

'작고 예쁜 머리통이로구나! 내 빙한소수공으로 꽁꽁 얼린 후 저 머리통을 내려친다면 단숨에 수박처럼 박살이 나버리고 말 테지!'

모충현의 눈에서 마광이 번뜩였다.

흥분으로 인해 벌어진 입에선 기묘한 악취가 뿜어져 나온다. 그는 지금 성교의 쾌감에 버금가는 정신적인 고양 상태로 돌입하고 있었다.

한데, 그가 빙한소수공이 잔뜩 응축된 수장으로 막 악영인의 머리를 내려치려 할 때였다.

움찔!

순간, 모충현의 어깨 근육이 가벼운 경직을 보였다. 느닷없이 그의 어깨 근육 쪽으로 무시무시한 무형의 기운이 파고든 것이다.

게다가 위치 따위가 문제가 아니다.

더 중요한 것은 이 일이 정확히 단전을 떠난 빙한소수공의 음한지기가 그곳을 지날 때 일어났다는 점이었다.

'무형지기? 이런 말도 안 되는!'

내심 눈을 크게 치켜 뜬 모충현이 빙한소수공을 거두고 재빨리 신형을 뒤로 물렸다.

빙글!

귀영(鬼影)을 무색케 하는 움직임!

그의 신형은 순간적으로 악영인의 머리 위에서 3장가량 떨어진 공간 밖에 모습을 드러냈다. 예의 신법으로 흡사 공간이동 같은 일을 성공시킨 것이다.

슥!

그리고 그가 다시 악영인에게 공격을 가하려 할 때였다.

"패배를 인정하겠소!"

악영인이 힘겹게 장창을 들어 올리며 모충현에게 말했다.

어전비무대회 첫날!

첫 번째 승부!

첫 번째 승자와 패자!

이렇게 결정되었다. 비무대 주변에서 일어난 우레와 같은 함성과 장탄식 속에서 말이다.

*　　　　*　　　　*

"형님……."

살짝 눈물이 맺힌 악영인의 얼굴을 잠시 바라본 이현이 그녀의 머리에 알밤을 먹였다.

"…으악!"

"아프냐? 아파?"

"아파요! 아파!"

"이 아픔, 평생 잊지 말고 기억해라! 그래야 다시는 싸움에 겉멋 따위는 부리지 않을 테니까!"

"……"

악영인이 거의 울 듯한 표정이 되었다. 이현에게 얻어맞은 머리통이 아파서 아니다. 알밤과 함께 내뱉은 그의 충고가 지극히 옳았기 때문이다.

'그래도 몸도 안 좋은데 곧바로 알밤이라니! 형님도 정말 너무하잖아!'

악영인이 내심 투덜거릴 때였다.

슥!

그녀의 소매를 붙잡아 발라당 바닥에 주저앉힌 이현이 엄중한 목소리로 말했다.

"바로 운기조식에 들어가라! 내가 명문혈에 내력을 불어넣어서 진기요상술을 펼칠 테니까 괜스레 저항하지 말고!"

'혀, 형님!'

악영인이 언제 서운함을 느꼈냐는 듯 감격한 표정으로 이현을 바라보고 얼른 운기조식에 들어갔다. 알밤을 맞은 아픔 따위는 이미 그녀의 머릿속에서 흔적조차 없이 사라져 버렸다.

*   *   *

'뭐 하는 거람?'

악영인에게 찰싹 달라붙어서 진기요상술을 펼쳐주고 있는
이현을 바라보며 모용조경은 눈살을 가볍게 찌푸려 보였다.
두 사람이 거의 부둥켜안고 있는 모습을 보자니 심사가 썩 좋
지 않았다.

어쩔 수 없다.

멀찍이 떨어진 곳에서 본 악영인과 모충현의 비무는 특별
할 것이 별로 없었다.

그냥 몇 차례 손속을 겨룬 후 악영인이 패배를 인정한 것이
다였다.

그 와중에 두 사람 간에 치열한 내공 대결이 있었다는 짐작
은 할 수 있으나 단지 그뿐이었다. 실제 어떤 식으로 대결이
벌어졌는지 모용조경으로선 알 도리가 없는 것이다.

그래서 그녀는 이현이 악영인에게 진기요상술을 펼치는 것
이 신경 쓰였다. 악영인에 대한 이현의 관심이 지나치다는 생
각을 지울 수 없었다.

그때 비무대 위로 오른 모용조경의 상대자인 청색 무복 차
림의 장년인이 음란한 표정으로 희롱했다.

"어이쿠, 이거 큰일 나지 않았나! 첫 비무 상대가 이런 예쁜
이라니! 저 예쁜 것에게 어떻게 칼질을 할 수 있겠냐 말이야!"

"주둥이 닥치고 칼이나 들어라!"

"뭐야!"

"아니면 내가 검을 뽑도록 하지!"

모용조경이 청룡보검을 빼 들었다.

스르룽!

천룡보검은 언제나와 같이 찬연한 검기를 뿜어내고 있었다. 그리고 그 속에 담긴 청명하고 차가운 검기!

"이런! 보검이잖아!"

청의 장년인이 놀라서 크게 소리쳤다. 모용조경의 절세적인 용모 때문에 색욕으로 번들거리던 눈이 빠르게 경색되었다. 그만큼 천룡보검의 검기는 날카로웠고 위협적이었다.

그러나 조금 늦었달까?

그가 목소리를 높인 것과 동시였다.

스파앗!

순간적으로 천룡보검과 하나가 된 모용조경이 성광추혼검 최강의 쾌검인 성광일섬을 펼쳐냈다.

그러자 찬연하게 비무대 위를 수놓은 별빛의 검광!

성광일섬의 빠르고 아름다운 검기가 순식간에 청의 장년인의 전신을 휘감아 버렸다. 그가 등에 매달아 놓았던 구환대도를 뽑아들 틈도 주지 않고 검기가 일직선으로 목을 향해 파고든 것이다.

"케엑!"

청의 장년인의 입에서 우락부락한 근육질 덩치에 어울리지 않는 소리가 새어 나왔다.

그러나 그 역시 어전비무대회 본선에 오른 강자!

쿠르릉!

그는 곧 강맹한 장력을 일으켰다.

솥뚜껑을 닮은 좌수로 펼쳐낸 장력으로 모용조경의 성광일섬에 담긴 속도를 조금 늦춘 것이다.

파아앗!

그리고 그렇게 얻은 짧은 여유를 이용해 청의 장년인이 등에서 구환대도를 빼 들었다. 조금 늦긴 했어도 고수다운 대응이고, 임전 태세였다.

파파팟!

그렇게 청의 장년인이 휘두른 구환대도와 모용조경의 천룡보검이 휘감기듯 부딪쳤다.

한 번만이 아니다.

삽시간에 십여 차례가량 검과 도가 부딪쳤다.

한눈에 보기에도 이백 근은 족히 넘어 보이는 중병기인 구환대도와 천룡보검이 곧장 충돌을 일으킨 것이다.

'멍청한 년! 나와 감히 힘 대결을 벌이려 하다니! 단숨에 저 가느다란 손목을 꺾어버려 주마!'

청의 장년인의 얼굴에 득의의 표정이 떠올랐다.

그는 자신의 구환대도에 내력을 잔뜩 집중시켰다. 모용조경의 천룡보검을 우격다짐으로 찍어 내리려는 심산!

파팟!

한데, 그때 어느새 청의 장년인의 품속까지 파고든 모용조경이 천룡보검을 확 올려쳤다. 검기의 방향을 중간에 꺾어서 구환대도의 도신을 사선 방향으로 찍어 올렸다. 검과 도가 충돌하기 바로 직전에 벌어진 일!

서걱!

구환대도가 두 토막으로 잘렸다.

앞서 모용조경이 펼친 성광추혼검의 검기로 약해진 도신이 그녀의 방금의 검격으로 잘려 버린 것이다. 마치 밭에서 방금 뽑아낸 무처럼 말이다.

"억!"

청의 장년인의 입에서 숨넘어가는 소리가 터져 나왔다.

그때 다시 번개같이 그를 향해 쭈욱 뻗어나간 모용조경의 성광일섬!

"헉!"

청의 장년인이 양손을 높게 치켜 올렸다. 어느새 자신의 목젖을 찔러 핏방울을 주르륵 흘러내리게 하는 검기에 놀라 패배를 인정한 것이다.

"져, 졌다!"

"말 곱게 쓰는 게 좋을 텐데? 목에 구멍이 나고 싶지 않다면!"

"내 패배를 인정하겠소! 소저!"

슥!

모용조경이 그제야 천룡보검을 거둬들었다.

"우와아아아아! 끝내준다!"

"먼젓번 시합보다 더 빨리 끝난 거 아냐?"

"그러게? 연달아 압도적인 승부가 벌어졌잖아! 이번 어전비무대회는 정말 재밌게 되었어!"

비무대 주변에서 다시 엄청난 환호성이 터져 나왔다.

특히 귀빈석 쪽에서 반응이 뜨거웠다.

아무래도 한 떨기 장미꽃처럼 아름다운 모용조경이 압도적인 무력으로 승리한 것이 무척 마음에 든 것 같았다. 무공에 대한 조예의 유무를 떠나서 말이다.

＊　　　　＊　　　　＊

자금성의 무수히 많은 전각 중 하나.

황제조차 존재를 모르는 은밀한 비역 중 한곳에 마련된 태사의에 한 명의 백의 노인이 몸을 파묻고 있었다.

검치 노철령!

동창의 제독태감이자 현 황조를 수 대에 걸쳐 지탱해 온 암중의 수호자!

한눈에 보기에도 피곤함이 가중된 듯 눈을 반개한 그의 앞에는 한 명의 환관이 부복해 있었다. 노철령의 숨겨진 칼이라 불리는 동창 지밀대의 대주 유청요였다.

"목란이가 데려온 산동악가의 자제가 본선 초반에 탈락했다고?"

"예, 그렇습니다."

"악가로선 참 뼈아픈 일이겠군. 오랜만에 자손을 어전비무대회에 참가시킨 것일 텐데 말이야."

"운이 없었을 뿐입니다."

"운이 없었다?"

"예, 악가의 자제가 맞닥뜨린 자는 신분을 숨긴 강호의 전대 고수였습니다."

"매번 있지. 그런 자들이. 그래서?"

"그자는 그 후 세 차례 벌어진 비무를 모두 압도적으로 이기고, 생사결에 올랐습니다. 아마 그곳에서 누군가를 죽이고 싶어 하는 것 같습니다."

"재미있군. 그만한 고수가 고작 실수 따위나 할 생각을 했다니 말이야."

"대사에 큰 지장이야 있겠습니까? 이번 생사결에서 노야께서 원하시는 대로 옥석은 충분히 가릴 수 있을 것입니다."

"그래야겠지."

미미하게 고개를 끄덕여 보인 노철령이 갑자기 화제를 바꿨다.

"이번에 운종이 참가했다지?"

유청요의 시선이 살짝 흔들렸다. 노철령이 지밀대 내부에서도 극소수만 아는 사실을 알고 있었기 때문이다.

그러나 그는 곧 머리를 바닥에 댄 채 말했다.

"예, 그렇습니다. 이번 대회에 운종을 자극하는 자가 출전한 모양입니다."

"좋지 않은 선택이야."

"바로 그만두게 하겠습니다."

"이미 벌어진 일, 굳이 그럴 필요까진 없어. 운종도 그동안 고생을 많이 했고 말이야."

"하면 어찌하면 되겠습니까?"

"기왕지사 이렇게 된 거 운종이 생사결에 참가해야겠지."

"……"

유청요의 시선이 다시 흔들렸다. 머릿속에서 지진이 일어나는 기분이었다. 검치 노철령은 어디까지 근래 자신이 지밀대를 이용해 벌인 일에 대해 알고 있는 것일까?

그때 노철령이 다시 화제를 바꿨다.

"칠황야가 남경에서 곧 난을 일으킬 듯싶더군."

"남경 쪽 지밀대에 이미 갑호 비상을 걸어놓은 상태입니다. 만약 난을 일으킬 기미가 있다면 당장 알 수 있을 것입니다."

"지나친 자신은 금물이야. 칠황야를 중심으로 한 반황제파가 반역을 꿈꾸며 힘과 세력을 길러온 세월은 결코 적지 않으니까. 한 치의 방심도 있어선 안 될 것이야."

"명심하겠습니다!"

"그래서 말인데, 이번 일이 끝난 후 나는 그만 은퇴를 할 생각이네."

"노야, 어찌 그런 말씀을!"

슥!

힘겹게 손을 들어서 유청요의 입을 닫게 만든 노철령이 말을 이었다.

"자네도 알다시피 내 몸이 요즘 좋지가 않아. 계속 여태까지처럼 격무를 감당하긴 힘들 것 같아. 그래서 자네가 향후 동창을 맡아줘야만 하겠네."

"예? 하지만 이미 후임으로 명공 태감이 있지 않습니까? 그런데 어찌 제가……."

"명공은 오염되었어!"

"……"

단호한 노철령의 말에 유청요가 입을 다물었다. 그가 한 말의 의미가 가슴을 무겁게 짓눌러 왔다.

노철령이 말했다.

"그러니 이제부터 슬슬 자네 대신 지밀대를 맡을 자에 대해서 생각해 놓게나. 동창의 제독태감만큼이나 지밀대주의 직위역시 막중하니까 말일세."

"그리하겠습니다……."

"그럼 나는 좀 쉬어야 할 것 같으니 이만 물러가 보게나."

"…존명!"

유청요가 정중하게 복명하고 무릎걸음으로 노철령에게서 물러났다.

그렇게 다시 혼자가 된 노철령!

그가 태사의에 거의 들러붙어 있던 노구를 가볍게 일으켜 세웠다.

"으차! 으차차!"

그가 체조하듯 몸을 이리저리 휘저어 보였다.

황궁의 제일고수?

그냥 동네에서 평범하게 볼 수 있는, 뒷산으로 운동 나온 노인네를 연상시킨다. 그만큼 그가 하는 행동은 어이가 없을 정도로 평범했다.

그렇게 몸풀기를 끝낸 노철령이 주먹으로 어깨와 허리를 툭툭 두들겨 보이고 다시 태사의에 조심스럽게 앉았다. 조금 전과 다름없이 완전히 태사의에 파묻힌 자세로 돌아간 것이다. 마치 아무 일도 없었던 것처럼 말이다.

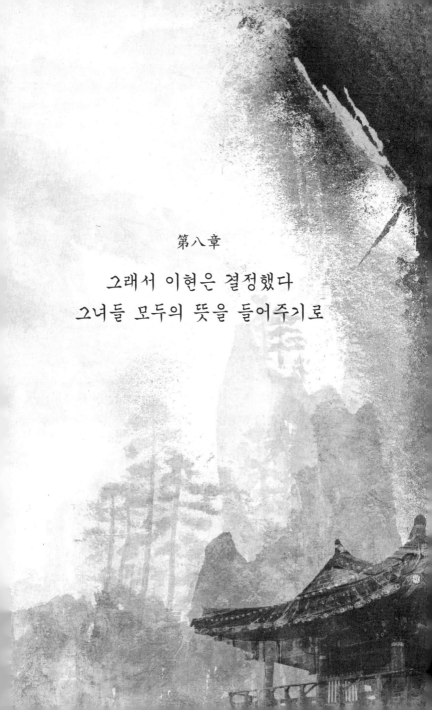

第八章

그래서 이현은 결정했다
그녀들 모두의 뜻을 들어주기로

퍽!

이현이 주먹을 뻗자 다부진 몸매의 근육질 사내가 주춤거리며 뒤로 물러났다.

권호(拳虎) 고호준!

지난 십 년간 북경 인근에서 활동한 권법의 고수.

그의 독문절기인 천붕권은 십 년 동안 북경 인근에서 적수를 찾을 수 없었고, 금종조와 어깨를 나란히 한다고 알려진

그래서 이현은 결정했다. 그녀들 모두의 뜻을 들어주기로 229

십삼태보횡련을 익히고 있었다.

수십 년간 전신을 학대하며 익힌 외문기공이 절정에 이르러 웬만한 신병이기가 아니고선 몸에 흠집 하나 낼 수 없는 신공을 완성한 것이다.

당연히 그는 어전비무대회 본선에 오른 후 두 번 연속 압도적인 승리를 거뒀고, 세 번째 비무 역시 쉽게 생각하고 있었다. 상대가 갓 스물이나 됐나 싶은 애송이인 데다 제대로 된 사문 내력도 밝혀지지 않았기 때문이다.

하지만 본래 호랑이는 토끼를 사냥할 때도 최선을 다하는 법!

지난 십 년간 북경 인근에서 무패(無敗)를 구가한 고호준은 자신의 무명(武名)에 들어 있는 호랑이처럼 이현에게 최선을 다했다. 그 역시 수준이 높은 어전비무대회에 출전해 자신처럼 2승을 거둔 자란 걸 인지하고 처음부터 천붕권을 최고조로 펼쳐서 맹폭을 가했다.

'그래! 나는 절대로 상대를 경시하지 않았다! 조금쯤 그런 마음이 있었다 해도 이런 식으로 압도적인 패배를 당한 이유가 되진 않아!'

고호준은 목구멍까지 치밀어오른 피 냄새를 억지로 참으며 안색을 일그러뜨렸다.

방금 이현에게 당한 일권!

단숨에 고호준의 천붕권을 박살 냈다.

게다가 거기서 그치지 않고 남은 여력이 그의 몸속 깊숙이 침투해 들어왔다. 외문기공으로 유명한 십삼태보횡련을 뚫고 침투경이 내부에 강력한 파괴력을 발휘한 것이다.

그러나 고호준은 여기서 그냥 물러설 수 없었다.

한 번만 더 이기면 된다!

한 번만 더 이기면 생사결 진출권을 획득할 수 있다!

우승을 놓고 다툴 수 있는 권리를 쟁취하게 될뿐더러, 막대한 상금과 병부의 특채까지 노릴 수 있게 된다. 한 발자국만 더 나아가면 되는데 여기서 허무하게 멈춰 설 수는 없었다.

"크아아!"

고호준이 노호를 터뜨리며 전신 근육을 팽창시켰다.

기합 일성!

그리고 천붕권의 구명절초인 천붕태산으로 승부수를 둔다. 그가 여태까지 목숨이 걸린 싸움이 아니고선 단 한 번도 사용하지 않았던 수법을 공개할 결심을 한 것이다.

그러자 침투경이 깃든 일 권을 날린 후 몇 걸음 뒤로 물러서 있던 이현이 나직이 혀를 찼다.

"쯧! 이래서 외공을 익힌 자들과는 싸우고 싶지 않았는데……."

무슨 뜻일까?

고호준은 곧 알게 되었다.

슥!

그의 천붕태산 안으로 이현이 잠영보를 이용해 파고들었다.

처음과 똑같다.

전혀 변한 것이 없었다.

다만 한 가지!

살며시 거머쥐어져 있던 그의 주먹이 살짝 변화를 보였다.
기묘한 수결 모양으로.

번쩍!

그리고 그렇게 변화한 이현의 수장에서 몇 가닥의 벼락이
튀어나왔다.

아주 짧은 순간!

압도적인 힘과 파괴력을 동반한 채로 말이다.

콰득!

무언가 산산조각이 나는 소리와 함께 고호준은 천붕태산을
절반도 채 펼치지 못하고 비무대 위로 무너져 내렸다.

"너무 심하게 손을 쓴 거 아니에요?"

"뭐가……."

주목란이 손가락으로 비무대 위를 가리켰다.

"응?"

그녀의 손끝을 따라 고개를 돌린 이현이 고개를 갸웃해 보

였다. 그녀의 손가락이 고호준을 가리키고 있는 의미를 전혀 모르겠다는 표정과 태도다.

그러자 주목란이 눈매를 가늘게 만들어 보였다.

"뻔뻔하긴! 사람을 저렇게 반쯤 죽여놓고 모른 척하기에요?"

"안면이 있는 사람이오?"

"권호 고호준을 북경 일대에서 모르는 사람이 얼마나 있겠어요? 그가 관주로 있는 권호무관은 북경 일대에서 가장 선망받는 무관 중 하나라구요."

"그래서?"

"당연히 오늘 구경을 위해 모인 고관대작이나 병부에 속한 자 중에 고호준은 꽤 유명인이었어요. 자식들이나 일가친척 중 권호무관 출신들이 상당수 있었으니까요."

"즉, 내가 조금 전처럼 심하게 박살 내선 안 되는 인물이었던 것이었다?"

"그래요. 제가 생사결에 참가할 때까진 최대한 조용히 있으라고 했잖아요!"

그제야 주목란이 화가 난 진짜 이유를 눈치챈 이현이 어깨를 가볍게 으쓱해 보였다.

"주 군주가 보기에 저 권호 고호준이란 자의 무위가 어때 보이오?"

그래서 이현은 결정했다. 그녀들 모두의 뜻을 들어주기로 233

"운 나쁘게 이 대가만 만나지 않았다면 충분히 생사결에 출전할 수 있을 정도지요. 적어도 절정 급 중반 가량은 되는 무위를 지녔으니까요."

"그런 자가 진심으로 덤벼든 것이오. 어찌 내가 적당히 상대할 수 있겠소?"

"그래서 전력을 다해 두들겨 팼다는 건가요?"

"그렇소. 아예 그의 십삼태보횡련을 박살 내버렸지."

"……"

주목란이 어이없다는 표정으로 이현을 바라봤다. 그가 무학과 관련된 일에는 종종 제정신이 아닌 사고를 발휘한다는 건 익히 알고 있었다. 모르는 바 아니었다. 그러나 이건 좀 정도가 심하단 생각이 들었다.

이현이 씨익 웃어 보였다.

"한동안 힘들긴 하겠지만 이번 일을 계기로 고호준은 십삼태보횡련의 부족한 부분을 채울 수 있게 될 것이오. 겉가죽만 단련하는 단계를 뛰어넘어 내가중수법에도 견딜 수 있는 진짜 금강불괴를 향해 진일보를 하게 되는 것이지."

"그게 가능해요?"

"내 오뢰정인을 얻어맞고도 진심으로 다시 덤벼들 수 있는 자라면 충분히 가능할 것이오."

"……"

"뭐, 그런 정도의 각오도 없다면 죽을 때까지 절정의 경지를 벗어날 생각 따윈 하지 말아야 할 테고."

'결국 잘 모른다는 거잖아! 너무 무책임해요! 이 대가!'

주목란이 내심 버럭 소리쳤다.

이현의 말을 듣는 동안 절반 정도 혹했던 게 사실이다. 어찌 됐든 그는 당대의 무학 종사나 다름없었으니까.

그러나 조금 더 생각하자 거의 말도 안 되는 소리였다.

그의 본래 성격으로 미뤄 짐작하건대, 그냥 고호준이 용맹하게 덤벼들자 흥이 나서 진짜로 때려 버린 게 분명했다. 자신과 했던 약속 따윈 까맣게 잊어버리고 말이다.

'그래놓고 변명은! 응?'

이현에게 눈을 살짝 흘기던 주목란이 멀찍이 떨어진 채 쭈뼛거리고 있는 어색한 얼굴의 환관을 발견했다.

호리호리한 몸매.

이목구비가 잘 파악되지 않는 짙은 화장.

대개의 사람이 한번 보면 고개를 절레절레 흔들 정도로 중성적이고, 기괴한 외양의 환관의 정체는 다름 아닌 악영인이었다.

그녀는 어전비무대회 본선 첫날에 광속으로 탈락한 후 며칠간 완전히 의기소침해졌다. 서안성에서 식년과를 떨어진 것과 거의 동급의 충격을 받았음이 분명했다.

이는 주목란에게도 골칫거리를 안겨줬다.

처음 예상과 달리 악영인의 전력 이탈은 너무 빨랐다. 최소한 생사결까진 그녀가 본선에 남아줄 거라 생각하고 짜 놓은 계획이 망가져 버린 것이다.

그래서 주목란은 부랴부랴 악영인에게 새 신분을 마련해 줬고, 덕분에 그녀는 오늘까지 위무관에 있을 수 있었다. 환관 노릇을 하면서 이현과 주목란 주변을 서성거리면서 말이다.

'후후, 하지만 정말 재밌는 일이로구나! 남장여인인 악 소저가 환관 노릇을 하게 되었으니 말이야!'

주목란이 내심 즐겁게 미소 지었다.

환관 노릇을 하라고 말했을 때 절반쯤 울 것 같은 표정이 됐던 악영인의 모습이 떠오른다.

아! 어찌나 귀엽던지!

자칫 주목란은 그녀를 끌어안고 마구 바닥을 뒹굴 뻔했다. 그 정도로 악영인에겐 뭔가 사람이 괴롭히고 싶게 만드는 묘한 분위기가 존재했다. 이현이 평소에 악영인을 아주 많이 귀여워하는 이유를 알 것 같았다.

그러나 그 점이 주목란은 마음에 들지 않았다.

심술이 났다.

'뭐, 그동안 사내인 척하고 나의 이 대가와 잔뜩 놀아났으니까. 이 정도 고난쯤은 감당하는 게 당연하지 않을까요? 악

소저!'

악영인을 향해 내심 심술궂은 표정을 지어 보인 주목란이 이현의 소매를 잡아끌었다.

"그럼 집으로 돌아가서 사흘 후 벌어질 생사결에 대한 설명을 들으시죠."

"조금만 있다가 갑시다."

"왜요?"

주목란이 의혹 어린 시선으로 바라보자 이현이 비무대 위를 손으로 가리켰다.

'이 대가가 신경 쓰는 사람이 있었던가? 아! 저 사람은……'

이현을 따라서 비무대를 바라보던 주목란의 갈색 눈이 반짝였다.

비무대 위!

그녀 역시 주목하던 자가 올라와 있었다.

조준!

여러 방면으로 숨겨놓긴 했으나 또 다른 진무사 무적철혈도 팽무군이 뒤를 봐주고 있는 자. 그러니까 주목란이 후원하는 이현과 비슷한 입장의 사내라고 할 수 있겠다.

그래서 주목란은 그동안 은밀하게 팽무군과 조준의 관계에 대해 조사를 진행하고 있었다.

별다른 연결 고리가 없어 보이는 두 사람이 어쩌다가 어전 비무대회에서 만나게 되었는지에 대한 파악이 필요하단 판단이었다.

그러다 그녀는 새로운 사실을 알게 되었다.

조준!

그는 놀랍게도 이현과도 관계가 있었다. 바로 얼마 전까지 청양의 숭인학관에서 그의 행적이 포착된 것이다.

'하지만 놀랍게도 조준에 대해서 그 외의 사항은 어떤 것도 알려진 바가 없었다. 마치 하늘에서 갑자기 떨어져 내린 사람처럼 말이야. 그리고 갑자기 팽 진무사의 후원하에 어전비무대회에 참가하게 되었군.'

의심이 구름처럼 밀려온다.

이현 역시 마찬가지의 경우인 걸까?

주목란이 비무대에 시선을 집중하고 있는 이현에게 다가가 넌지시 질문했다.

"이 대가, 저 조준이란 사람은 어떤 사람이에요?"

"건방진 놈이오."

"건방진 놈?"

"내가 반말하지 말라고 했는데 말을 듣지 않거든. 명왕종의 제자만 아니라면 당장 패 죽였을 거요."

'명왕종?'

주목란이 처음 듣는 종파의 이름에 아미를 찡그려 보였다.

금의위의 진무사로서 그녀는 황실뿐 아니라 무림의 주요 문파 역시 감시하고 있었다. 사부인 검치 노철령에게 어려서부터 반역도당이 준동한다면 가장 먼저 강대한 무림 세력과 손을 잡을 거란 가르침을 들어왔기 때문이다.

당연히 그녀의 머릿속에는 무림의 대문파뿐 아니라 근래 약진하고 있는 군소문파의 정보가 빼곡하게 들어차 있었다. 특히 그곳에서 배출된 후기지수나 신진 고수에 대한 사항은 거의 매일같이 확인했다.

그런데 명왕종이란 종파의 이름은 생소했다.

그녀의 천재적인 머릿속에 담겨져 있는 무수히 많은 무림 문파의 정보 어디에도 속하지 않았다. 조준처럼 명왕종 역시 하늘에서 갑자기 떨어져 내린 것 같았다.

그때 비무대를 지켜보고 있던 이현이 히죽 웃었다.

"하하, 건방진 녀석이 오늘 된통 당하게 생겼구나!"

"이 대가, 그게 무슨 소리죠?"

"무형지기를 움직여서 조준 녀석의 상대를 확인해 보시오."

이현의 말대로 조준의 상대로 등장한 흑의무인을 확인한 주목란이 고개를 갸웃해 보였다.

"평범한데요?"

"평범하지. 아주 평범해."

"아!"

주목란이 나직이 탄성을 발했다. 이현이 조준의 상대자인 흑의무인을 주목한 이유를 뒤늦게 깨달았기 때문이다.

"어전비무대회 본선에 오른 자가 저렇게 평범할 리 없으니, 저자는 자신의 무위를 숨기고 있겠군요?"

"그것도 꽤나 완벽하게 숨기고 있소. 아마 무학이 초절정급에 도달했거나 특급 살수일 것이오."

"둘 중 어느 쪽이 더 가능성이 높을까요?"

"그건 나도 모르오. 다만……."

"다만?"

"…저 명왕종의 애송이 녀석은 아마 저자에게 꽤나 혼쭐이 날 것이오. 명왕종의 술법을 이렇게 많은 사람들 앞에서 펼치긴 힘들 테니까."

'술법?'

주목란이 이현의 말에서 조준과 명왕종에 대한 아주 요긴한 정보를 얻었을 때였다.

서로를 바라보며 잠시 시간을 보내고 있던 조준과 흑의무인이 벼락같이 상대방을 향해 파고들어 갔다. 누가 먼저라 할 것 없이 말이다.

＊　　　　　＊　　　　＊

　밤.

　이현은 느지막하게 저녁밥을 먹고 청연장의 정원을 배회하고 있었다.

　너무 많이 먹은 것일까?

　이현의 배는 낮에 자금성 위무관을 떠날 때보다 조금 더 불룩하게 튀어나와 있었다. 각기 다른 저녁밥을 세 번이나 하며 얻은 전리품이었다.

　"끄윽!"

　입을 벌리고 트림을 내뱉은 이현이 교교하게 주변을 비추고 있는 달을 올려다보며 고개를 가로저었다.

　'왜 한데 모여서 식사하면 되는 걸 각자 따로 밥을 먹으려 하는 건지. 뭐, 덕분에 오늘은 정말 화끈하게 포식을 했지만.'

　초저녁부터다.

　맨 처음 모용조경이 찾아와 손수 만들었다며 도시락을 전해주더니, 다음에는 주목란이 왔고, 마지막으로 환관 차림을 벗은 악영인이 들러붙었다.

　그녀들의 공통점은 모두 이현과 함께 저녁 식사를 하고자 한다는 것이었다. 오로지 이현과 둘이서만 저녁 시간을 함께 보내고 싶다는 노골적인 의지였다.

그래서 이현은 결정했다. 그녀들 모두의 뜻을 들어주기로　241

그래서 이현은 결정했다.

그녀들 모두의 뜻을 들어주기로.

덕분에 그는 오늘 그녀들 모두와 함께 저녁 식사를 했고, 악영인과는 조금 전까지 거하게 술판까지 벌였다. 며칠간 어전비무대회를 치르며 빠졌던 뱃살을 도로 축적해 버린 것이다.

그런 연유로 이현은 지금 어울리지 않게 정원을 서성거리고 있었다. 배 속에 가득 들어찬 음식물을 소화할 필요성을 느끼고 있는 까닭이었다.

그렇게 달을 바라보며 서성거리길 얼마나 했을까?

문득 이현의 눈 속에 기묘한 광채가 어렸다.

배 속 정화와 소화 작업에 집중하던 중 오늘 위무관에서 벌어진 인상 깊었던 대결이 떠올랐다. 그가 주목란의 제의까지 물리치고 지켜봤던 조준과 흑의무인과의 혈전 말이다.

*　　　　　*　　　　　*

스파앗!

자신을 보겸이라 밝힌 흑의무인은 신형을 움직인 것과 동시에 소매 속에서 시커먼 검을 꺼내 들었다.

길이는 두 자 세 치(약 70센티미터)가량.

장검과 단검의 중간 크기의 칠흑의 중검은 은밀하게 조준을 향해 파고들었다.

완벽한 사각!

그 속에서 모습을 드러낸 칠흑의 검!

보겸은 자신의 승리를 확신했다.

이번 일검으로 말이다.

그러나 그때 조준 역시 움직임을 보였다.

아니다.

보겸이 움직인 것과 동시에 이미 조준은 움직이고 있었다. 적어도 비무대 주변에서 두 사람의 대결을 지켜보고 있는 사람들에겐 그렇게 인지되었다.

'늦었다!'

보겸은 내심 소리 지르며 칠흑의 검을 거둬들였다.

자의로 그리한 것이 아니다.

그가 막 조준의 사각으로 칠흑의 검을 뻗어낼 때, 그가 거짓말처럼 자신의 시야 속에서 사라져 버렸기 때문이다.

불가사의한 움직임!

그와 함께 보겸은 오히려 자신의 사각으로 파고들어 오는 조준의 그림자를 느꼈다. 그가 평생 자신했던 칠흑만상백월야(漆黑萬狀白月夜)의 살법(殺法)이 깨져 버린 것이다.

슥!

그래서 그는 칠흑의 검을 거둠과 동시에 신형을 뒤로 물렸다.

공격에서 수세로의 전환!

그 첫 번째!

바로 시야의 확보다.

사각을 찌르려다 오히려 되치기를 당했다. 조준에게 완전히 허를 찔려 버린 상태에서 보겸이 선택할 수 있는 범위는 한정적이었다.

그러니 지금은 이게 그가 선택할 수 있는 최선이었다.

그러나 보겸의 패는 그것만이 아니었다.

사삭!

어느새 보겸의 다른 손에는 칠흑의 검이 들려져 있었다.

검을 옮긴 건 아니다.

석 자 길이의 또 다른 칠흑의 검이 등장한 것이다.

즉, 쌍검!

보겸은 장검과 중검을 동시에 빼 들었다. 두 자루의 칠흑의 검을 동시에 쓰는 것은 그의 살법 인생 중에서 극히 이례적인 일이었다.

파팟! 파파파파팟!

순간적으로 십자 형태를 이뤘던 칠흑쌍검이 음울한 검기를 만들어냈다. 눈에 거의 보이지 않는 검기를 거미줄처럼 사방으로 뽑아낸 것이다.

"모습을 드러내라!"

보겸이 버럭 소리 질렀다.

자신의 칠흑만상백월야의 비전 독지주망이 펼쳐진 이상, 조준에게 다른 방도는 남아 있지 않다고 생각했다. 이 눈에 보이지 않는 음울한 검기의 거미줄은 그야말로 하늘에 펼쳐진 천라지망이나 다름없었기 때문이다.

한데, 그때 다시 보겸을 당황시키는 일이 발생했다.

스읔!

그의 독지주망 속으로 조준이 뛰어들었다.

사각에서 비로소 자신의 진체(眞體)를 드러냈다.

그것도 바로 보겸의 정면으로 말이다.

'처음부터 내 사각을 노릴 생각 따윈 없었다는 것이냐!'

보겸이 버럭 노성을 터뜨리며 수중의 칠흑쌍검을 곧추세워 조준에게 겨냥했다.

관일통(貫日通)!

칠흑쌍검이 거의 직선으로 조준을 향했다.

꽤나 단순해 보이는 동작!

그러나 이것이 바로 무변(無變)이 다변(多變)이 되는 이치!

보겸의 칠흑쌍검이 형성한 관일통은 단숨에 조준의 상반신 전체를 노리며 파고들었다.

그래서 이현은 결정했다. 그녀들 모두의 뜻을 들어주기로 245

얼핏 보기엔 단 한군데를 노리는 듯싶으나 그 속에는 무수히 많은 변화가 담겨 있었다. 칠흑쌍검의 검 끝이 도대체 어디를 향할지 짐작할 수 없게 만들었다.

하나 다음 순간이었다.

파창!

관일통을 이뤘던 보겸의 칠흑쌍검이 날카로운 파공성과 함께 하늘로 날아올랐다.

도대체 어떻게?

보겸이 가장 알고 싶은 바였다.

그는 어떻게 조준이 지금 자신의 눈앞에 모습을 나타냈고, 관일통을 깨뜨리고 칠흑쌍검을 날려 버렸는지 알 수 없었다. 마치 뭔가에 홀린 것 같은 기분이었다.

하지만 지금 중요한 건 그런 것이 아니다.

스윽!

순간 철판교를 펼쳐서 상반신을 뒤로 바짝 젖힌 보겸이 발끝을 가볍게 차올렸다.

피잇!

그의 발끝에서 날카로운 소성이 인다. 어느새 발끝에서 튀어나온 작은 칼날이 대기를 가로지르는 소리였다.

그 칼날이 향한 곳은 조준의 허벅지!

사선을 그리면 허벅지 뒤쪽 근육을 베어간다.

툭!

…그러려고 했다. 조준이 다리를 살짝 들면서 무릎을 돌려 버리지 않았다면 말이다.

"큭!"

순간적으로 칼날이 달려 있는 쪽 발의 정강이뼈를 조준의 무릎에 찍힌 보겸이 신음을 흘렸다.

그만큼 아팠다.

정강이뼈 전체가 통째로 박살 나버리는 것 같다.

그러나 보겸은 이를 악물고 철판교를 풀었다.

다른 다리로 땅을 강하게 걷어차며 튕겨지듯 위로 신형을 솟구치며 조준의 머리를 가격했다.

파파팟!

현란한 각영!

조준의 머리통이 보겸이 펼친 원앙연환퇴에 완전히 가려졌다. 지척에서 갑작스럽게 벌어진 일이라 조준으로서도 피할 길이 없어 보인다.

'또!'

하나 보겸은 내심 버럭 소리 질렀다.

다시금 조준이 그의 앞에서 사라졌다. 감쪽같이 자취를 감춰 버리고 만 것이다.

퍼퍽!

그리고 명문혈 쪽에서 느껴진 격렬한 타격감!

공중에서 뜬 자세 그대로 보겸이 바닥으로 추락했다. 어느새 그의 배후로 돌아 들어간 조준에게 명문혈을 얻어맞았기 때문이다.

그로 인해 몸속에 파고든 기괴한 공력!

재빨리 내력을 모아서 방어벽을 펼쳤으나 소용없었다. 조준의 기괴한 공력은 단숨에 그의 두터운 내력을 뚫고 전신을 완전히 마비시켜 버렸다.

털썩!

보겸이 바닥에 쓰러졌다.

긴 설명과는 달리 단 몇 초식 만에 벌어진 일!

허무한 패배였다.

*   *   *

'조준 녀석, 명왕종의 술법만 익힌 게 아니었던 것일 테지?'

대막 명왕종!

과거 이현이 사막을 떠돌다가 만난 초월적인 술사들의 집단. 어쩌면 세상에 알려지지 않은 천외천(天外天)의 존재가 있을지도 모르는 곳이다.

이현은 출종남천하마검행 당시 우연히 들은 이야기를 토대로 명왕종을 찾아 나섰다. 과거 천하제일인 운검진인이 대막으로 명왕종의 종사를 찾아가 비무를 벌였다는 얘기를 듣고, 흥분했던 것이다.

그러나 그의 즉흥적인 여행은 대자연의 위대함만을 이현에게 가르쳐 주었다.

그는 사막을 헤매다가 거의 목숨을 잃기 직전에 빠졌고, 명왕종의 술사라 자처하는 자를 만났으나 비무 따윈 꿈도 꿀 수가 없었다. 구명의 은혜를 입은 터에 막무가내로 싸우자고 덤벼들기란 쉽지 않았기 때문이다.

그래서 이현에게 있어 명왕종은 일종의 역린이었다.

손가락 끝에 박힌 가시나 다름없었다.

조준을 다시 만나기 전까지는 분명 그랬다. 그를 만나서 단숨에 무공으로 제압하기 전까진 말이다.

'조준 녀석, 숭인학관에서 만났을 땐 어째서 저런 무공을 사용하지 않았던 거지? 술법은 둘째치고 무공만으로도 저 정도면 능히 초절정의 경지에 올랐다고 할 수 있을 텐데 말이야!'

자신을 보겸이라 밝힌 흑의무인과 조준의 대결은 아주 빨리 끝났다.

게다가 시시했다.

적어도 그날 두 사람의 비무를 지켜봤던 사람들이라면 대부분 그렇게 생각했을 터였다. 여태까지 어전비무대회 본선에 올랐던 고수들의 대결과 달리 너무 빠르고 단조롭게 승부가 갈렸기 때문이다.

그러나 이현은 달랐다.

그에게 있어 두 사람의 비무는 첫날 악영인이 패했던 것 이상으로 흥미진진하고 박진감이 넘쳤다.

흑의무인 보겸!

단연코 이번 어전비무대회에 참가한 자들 중 손꼽힐 만한 고수인 그는 살법의 달인이었다. 정정당당한 대결보다는 암중에서 상대를 제거하는 일에 능한 살수 계통의 고수라는 뜻이다.

보겸은 살법의 고수답게 조준에게 처음부터 음유하고 치명적인 공격을 연달아 가했으나 모조리 실패로 돌아갔다. 놀랍게도 조준이 그의 모든 공격 방향을 봉쇄해 버렸기 때문이다. 즉, 시작도 하기 전에 보겸의 공격 자체를 무산시킨 것이다.

이는 상대보다 무공이 높다고 해서 행할 수 있는 일이 아니다. 상대의 무공과 습관을 하나에서 열까지 다 알고 있어야만 비슷하게나마 흉내 낼 수 있는 일이었다.

굳이 표현하자면 사부가 제자에 대해 아는 것같이 말이다.

그러니 보겸이 얼마나 놀랐겠는가?

그는 조준을 공격하다 대경실색하여 방어에 나섰다. 이현이 인정할 정도의 무위를 지닌 자답게 훌륭한 대응이었다. 그 와중에도 조준을 향해 몇 차례나 반격을 가했으니까.

그러나 조준은 그 같은 반격조차 모조리 간파하고 있었다.

그는 아무렇지도 않게 보겸의 방어와 반격을 모조리 무력화시킨 후 일격에 승부를 결정지었다. 마치 처음부터 그렇게 되기로 결정되어 있었던 것처럼 그렇게 비무를 끝내 버렸다.

어떻게 그럴 수 있었을까?

이현은 달을 올려다보며 상념에 잠겼다.

조준!

오늘 보겸과 싸운 그에겐 뭔가 특별한 게 있었다. 그리고 그게 뭔지는 이현조차 아직 알지 못했다. 그는 명왕종의 술법에 대해선 어느 정도 알고 있으나 무공은 전혀 상대해 본 적이 없었기 때문이다.

하지만 조준은 오늘 이현이 보는 앞에서 자신의 무공을 드러내는 실수를 범했다. 자타공인 무학의 귀재이자 천생무골인 이현 앞에서 말이다.

'그게 뭐든지 간에 내 눈에 띈 이상 곧 파훼법이 생각날 것이다. 시간문제일 뿐이야.'

이현이 내심 눈을 빛내며 달에게서 시선을 떼어냈다.

조준과 보겸의 대결을 심상수련법의 방법으로 머릿속에서 재현하느라 사람이 가까이 다가오는 것도 파악하지 못했다. 그만큼 극도로 집중하고 있었던 것이다.

"왁!"

이현이 갑자기 돌아서며 소리를 지르자 연홍이 놀라서 뒤로 세 걸음이나 물러섰다.

사삭!

어느새 치켜 올라간 양손!

금의위의 비밀 위사답게 아주 야무지게 주먹을 쥐고 있다.

"이 공자님, 놀랐잖아요!"

이현이 심드렁한 표정을 지어 보였다.

"에이, 연홍 소저잖아!"

연홍이 발끈했다.

"왜 그런 표정을 짓는 거예요? 저, 무척 상처받는다구요!"

"상처를 받아?"

"암요! 저도 방년 스물의 꽃다운 처녀라구요! 이 공자님이 아니라도 남자가 시큰둥한 표정을 지어 보이면 얼마나 마음이 아프겠어요?"

"그러니까 딱히 나 때문은 아니라는 거로군?"

"당연하죠! 저도 남자 보는 눈이라는 게 있다구요! 이 공자님처럼 식탐이 심한 분은 절대로 사양이에요!"

"쳇! 그 말은 좀 내게 상처가 되는군."

"어? 정말요?"

"당연하지. 나는 식탐이 심한 게 아니라구. 그냥 음식을 사랑할 뿐이지."

"……."

연홍이 이현을 어이없다는 듯 바라봤다.

그러나 그것도 잠시뿐.

곧 그녀가 살짝 애교 있는 표정을 지어 보이며 말했다.

"이 공자님, 혹시 야식 생각 없으세요?"

"야식?"

"예, 제가 잘 아는 다관이 있는데, 그곳에서 이맘때 아주 재밌는 공연을 볼 수 있거든요. 전날 제가 이 공자님한테 실례를 범한 일을 용서해 주십사하는 마음으로 박봉을 털어서 한턱을 낼까 하는데 어떠세요?"

"야식은?"

"물론 공연을 보는 사람에겐 차 한 주전자하고, 여러 가지 다과가 주어져요. 거기 꿀에 절인 대추나 과자 맛이 아주 일품이지요. 그런데……."

"그런데?"

"…이 공자님은 이미 식사를 여러 번 하신 것 같으니, 오늘 저랑 야식을 먹으러 가시긴 힘드시려나요?"

그래서 이현은 결정했다. 그녀들 모두의 뜻을 들어주기로 253

"전혀."

"예?"

연홍이 눈을 동그랗게 뜨는 사이 이현이 수장을 자신의 배에 갖다 대고 강력한 내력을 일으켰다. 초인의 경지에 오른 내공력으로 아직 소화되지 않은 음식물을 조그맣게 응축시킨 것이다.

홀쭉!

그렇게 두둑하던 배를 단숨에 복근이 드러날 정도로 날씬하게 바꾼 이현이 연홍을 향해 말했다.

"연홍 소저, 갑시다!"

"예?"

"야식 먹으러 가자고!"

이현의 단호하고 엄숙한 채근에 연홍이 얼떨떨한 표정으로 고개를 끄덕여 보였다.

이 밤.

이현에게는 아직 시작에 불과한지도 모른다.

第九章

생사결 시작!

생사결.

어전비무대회의 꽃이라 불리는 삶과 죽음이 결정되는 대결전의 장!

예선에서 고르고 고른 본선 진출자 중에서도 생사결에 참가할 수 있는 인원은 단 16명뿐이었다. 그리고 그 16명은 모두 병부나 금의위 등의 영입 일 순위가 된다. 우승자로 결정되기 전에 자신을 원하는 군부 쪽에 좋은 조건으로 들어갈 수 있는 권리가 주어지는 것이다.

그러니 이 생사결에 참가하는 것만으로 어전비무대회에 참가한 자들은 소기의 목적을 이뤘다고 할 수 있었다. 무학과 병법, 학문을 모두 시험받아야만 하는 무과에 지원하지 않고서도 군부의 요직에 오를 수 있는 기회를 얻기 때문이었다.

하나 여기에는 한 가지 함정이 존재했다.

생사결에 오른 후 즉시 비무 포기를 선언하지 않는 한 그 같은 기회를 얻을 수 없다는 점이다. 또한 그렇게 참가한 생사결이 이름 그대로 삶과 죽음을 걸어야만 할 정도로 위험하다는 점이었다.

그럼 생사결은 어떻게 구성되어 있을까?

첫 번째로 생사결은 여태까지와 달리 위무관이 아니라 파양대전에서 벌어진다.

파양대전은 명태조 주원장이 강남에서 패권을 다투던 한왕 진우량을 격퇴시킨 파양호 대전의 대승을 기념하기 위해 세워진 곳이다.

당시 진우량은 주원장이 온다는 소식을 듣고, 포위를 풀고 파양호(鄱陽湖)에서 역습하여 싸웠다. 진우량은 스스로 자신의 군대를 육십만 명이라 칭했는데, 큰 전선을 모두 이어 진(陣)을 형성시켰다.

그때 배로 형성된 진의 높이가 십여 장이 넘고, 서로 이어진 것이 수십 개가 되었으며, 깃발과 창, 방패들이 바라보면 실로 산과 같았다고 명사(明史) 태조본기(太祖本紀)에 기록돼 있다.

그야말로 삼국지의 3대 대전 중 하나인 적벽대전을 몇 배나 큰 규모로 재현해 놓은 듯한 군세!

하나 주원장은 그처럼 강대한 진우량의 군세를 파양호에서 모조리 박살 냈고, 이 전투의 승리로 그는 전중국 최강자의 자리에 가까워질 수 있었다.

반면 이 전투의 결과로 진우량은 완전히 몰락해 버렸고, 그로 인해 또 다른 군웅인 장사성 역시 주원장의 상대가 될 수 없었다. 한마디로 말해 이 파양호 대전의 대승으로 주원장의 황제 등극은 사실상 확정되었다고 할 수 있는 것이다.

당연하게도 이를 기리는 파양대전은 자금성에서도 무척이나 숭고하게 여겨지는 장소였다.

그곳에는 태조 주원장이 한왕 진우량을 파양호에서 패퇴시킨 세세한 기록이 그림으로 그려져 있었고, 당시의 수군 진세도 역시 존재했다.

즉, 태조 주원장이 한왕 진우량을 박살 내는 데 사용됐던 절세의 진법, '팔문금쇄진'이 펼쳐져 있는 것이다. 지금 당장에라도 다시 파양호를 가득 메웠던 당시의 대전을 재현이라도 하려는 것처럼 말이다.

"그래서 생사결의 시작은 바로 그 팔문금쇄진으로 들어가는 거예요. 16인의 진출자가 각자 다른 시각에 파양대전에 들어가서 팔문금쇄진과 맞서는 것이죠. 그리고 그 팔문금쇄진 속에서 하루가 지날 때까지 살아남는 자가 바로 생사결을 통과하고 결승전에 오르는 거예요."

"우물우물……."

"이 대가 뭘 또 드시는 거예요!"

자금성에 들어선 후 열심히 생사결의 설명에 열중하고 있던 주목란이 갑자기 언성을 높였다. 자신의 설명은 듣는 둥 마는 둥 한 채 이현이 소매에서 뭔가를 꺼내 씹어먹는 광경에 눈꼬리가 치켜 올라간 것이다.

이현이 변명하듯 말했다.

"그게 아침이 좀 부실했잖소? 그래서 연홍 소저한테 부탁해서 육포 몇 조각을 얻어왔을 뿐이오. 속이 든든해야 또 열심히 싸울 수 있지 않겠소?"

"호오? 그러고 보니, 이 대가 요즘 연홍하고 사이가 무척 좋아진 것 같더군요? 저번 날에도 밤중에 둘이서 외출했다가 늦게 돌아오시고 말이에요?"

"아, 그때 좋았지! 연홍 소저가 데려간 노사차관이란 곳이 말이오. 아주 구경거리도 많고 간식과 차도 맛있더라고!"

"그렇게 좋았군요?"

"그렇소. 하하, 연홍 소저가 생각보다 놀 줄 알더구려."

"……."

주목란이 이현을 잠시 바라보다 방긋 웃으며 주먹으로 그의 옆구리를 후려쳤다.

퍽!

"아!"

이현이 웃는 얼굴 그대로 안색을 굳혔다. 설마하니 나란히 걷고 있던 주목란에게 이런 일격을 당할 줄은 몰랐기 때문이다. 하물며 그녀는 주먹을 날릴 때 아름다운 미소를 지어 보였고, 살기 역시 전혀 일으키지 않았다. 세상에서 가장 무서운 살수가 있다면 바로 그녀라고 해야 할 터였다.

이현이 옆구리를 따라서 빠르게 올라오는 통증을 느끼며 미간을 찌푸려 보였다.

"갈비뼈 사이를 노리다니!"

"침투경이나 내가중수법 같은 건 사용하지 않았으니 안심하세요."

"……."

"뭐, 그런 걸 사용했다면 이 대가도 맞아줄 생각은 없었겠지만요."

'들켰나?'

이현이 주목란의 옆얼굴을 힐끔거리며 조심스럽게 말했다.

"주 군주, 화났소?"

"전혀요."

"아닌 것 같은데?"

"또 말이 짧아지시네요? 여긴 자금성이에요!"

"……."

이현이 얼른 입을 다물었다.

확실히 주목란의 말이 옳다.

그는 이상하게도 주목란에게는 말을 짧게 하는 버릇이 있었다. 아마 숭인학관에서 함께 지내던 사람들만큼 그녀가 편하기 때문이리라.

어찌 됐든 이곳은 북경, 그중에서도 황제가 기거하는 자금성이었다. 황제가 무척이나 총애하는 조카딸인 주목란에게 함부로 대하다가 갑자기 목이 달아나거나 하는 일이 생기지 않으리란 보장은 없었다.

그때 주목란이 말했다.

"연홍이는 제 사람이기 이전에 사부님의 심복이에요. 그녀가 이 대가에게 개인적으로 접근했다면 필경 사부님과 관계된 일일 거예요. 제 생각이 틀렸나요?"

"우와!"

이현이 조금 격한 표정과 함께 박수를 쳤다. 그러자 주목란이 고운 아미를 살짝 찡그려 보이고 이현을 노려봤다.

"또 그런 식으로 어영부영 넘어갈 수 있을 거라 생각하시는 건가요?"

"아니오."

"그럼 제게 해줄 말은요?"

"애석하게도……."

"없군요."

"…그렇소."

주목란이 다시 이현을 바라보곤 천천히 고개를 끄덕여 보였다.

"뭐, 마음대로 하세요."

"화났소?"

"전혀요."

"아닌 것 같은데?"

"아까하고 똑같잖아요! 그리고… 내가 말 짧게 하지 말라고 했잖아요!"

주목란이 다시 주먹을 날렸다.

이번에는 방금과 완연히 다르다.

살짝 거머쥐어진 주먹!

그 속에 담긴 무시무시한 암경(暗勁)이 맹렬한 회오리를 일으키며 이현을 향해 파고들었다. 아주 확실하게 내가중수법을 사용한 것이다.

"어이쿠!"

이현이 얼른 뒤로 물러섰다.

이번에는 그냥 맞아줄 수 없었다. 그랬다가는 갈비뼈 몇 대 정도는 부러질 각오를 해야 할 터였다. 아니면 내장까지 충격을 입어서 내상을 입던가 말이다.

"흥!"

주목란이 나직이 코웃음을 치고 더는 공격하지 않았다. 이현이 자신의 주먹을 피한 것에 만족한 것이다.

그녀가 말했다.

"파양대전에 들어가서 생사결에 들어갔을 때 모용 소저를 조심하셔야 할 거예요."

"왜?"

"나만 이 대가가 연홍과 놀러간 걸 알고 있었던 게 아니라는 뜻이에요."

"응?"

"모용 소저는 그날부터 잔뜩 벼르고 있었어요. 이 대가가 자신 외에 다른 여자들하고 놀러 다닌 것에 대해서 화가 머리 끝까지 난 것 같더군요."

"아!"

"그러니까 어쩌면 이번 생사결을 통해서 모용 소저는 그때의 분노를 풀려 할지도 모르니까 조심하라는 거예요. 물론 그 전에 다른 자들에게 공격을 당할 수도 있겠지만요."

"……."

주목란의 은근한 협박에 이현이 난감한 표정을 지어 보였다.

진짜로 생사결에서 모용조경이 연홍과 놀러간 것을 추궁하면 참 곤란하겠다는 생각이 들었다. 눈앞의 주목란과 달리 모용조경은 가끔 이현을 질리게 만드는 구석이 있었기 때문이다.

그래서 이현은 다시 육포를 씹었다.

"우물우물……."

주목란이 한숨을 내쉬었다.

"그새를 못 참고 또 드시는 거예요?"

"그게 역시 싸우러 가기 전에는 배를 채워야……."

'누가 보면 한 며칠 굶긴 줄 알겠네! 아침에도 밥 두 공기에 요리도 다섯 가지나 비워놓고선!'

주목란이 내심 고개를 절레절레 흔들고 말했다.

"그래서 제가 어째서 파양호 대전에 대해서 말한 건지는 아시겠어요?"

"팔문금쇄진 때문이 아니오?"

"오! 그리고요?"

"태조 홍무제께서 한왕을 파양호에서 제압한 전투에서 가장 큰 공을 세운 건 다름 아닌 팔문금쇄진이었소. 팔괘(八卦)의 방위에 따라서 천변만화하는 변화를 일으키는 이 팔문금쇄진으로 한왕의 육십만 대병을 모조리 수장시킨 것이오. 그러니 이 팔문금쇄진에 대해 잘 모르는 상태에서 파양대전에 발을 내딛는다는 건 그냥 죽으러 들어가는 것이나 다름없을 것이오."

"이 대가, 팔문금쇄진에 대해서 이미 알고 있었군요?"

"그렇소."

"사부님이 말씀해 주신 건가요?"

"그건 아니오."

"그럼?"

"숭인학관에서 유학하던 시절 배웠소. 홍무제께서 황제에 오르는 과정은 대과를 치는 학사들이라면 필수적인 과목이라고 할 수 있으니까."

"그렇다 해도 파양호 대전에 팔문금쇄진이 쓰인 걸 아는 사람은 그리 많지 않아요. 혹시 그 숭인학관에는 병법이나 진법에 능한 학사도 있었던 건가요?"

"그런 학사는 없었소."

이현은 '한 명의 여인이 있었을 뿐이오'란 말을 생략했다. 가뜩이나 자신의 여자관계에 민감한 반응을 보이는 주목란에게 목연을 노출시키고 싶지 않았기 때문이다.

그는 무의식중에 그리했다.

목연을 지키고 싶었던 것이다.

주목란이 눈살을 찌푸려 보였다.

"그럼 팔문금쇄진은 이 대가가 직접 알아낸 것이겠군요?"

"그렇다고 할 수 있소. 본파에서도 검진 같은 것은 익힌 적이 있어서 웬만한 진법은 쉽사리 원리를 파악할 자신이 있었거든."

"그래서 팔문금쇄진에 대해서 알아냈나요?"

"전혀."

"전혀?"

주목란이 어이없다는 표정을 짓자 이현이 어깨를 가볍게 으쓱해 보였다.

"팔문금쇄진이란 게 무림의 일반적인 검진들과는 사뭇 다른 구석이 많았소. 연홍 소저를 통해서 팔문금쇄진의 도해(圖解)를 구해서 연구를 해봤는데, 여태까지 삼 할도 채 파악하지 못한 것 같소."

"그런데도 불구하고 이렇게 태연하셨군요?"

"뭐, 나와는 달리 진법이나 술법 같은 것에 무척 밝은 자를 알아서 말이오."

"그 사람이 설마 이번 생사결에 출전하는 건가요?"

"정답!"

이현이 손가락으로 주목란을 가리켜 보이며 히죽 웃었다. 그러자 주목란이 눈살을 찌푸리며 말했다.

"그런데 그 사람, 이 대가의 친구인가요?"

"전혀."

"전혀?"

"오히려 적이라고 봐야 할 것이오. 적어도 나는 그 녀석을 한 번쯤 작신 나게 두들겨 패줄 생각을 하고 있소. 음! 어쩌면 이번 기회에 그리해 보는 것도 나쁘진 않겠군."

"……."

주목란은 문득 두통이 이는 걸 느끼며 손을 이마에 가져다 댔다.

그러는 사이 이현은 다시 육포를 질겅거리며 씹기 시작했다. 파양대전에 가기 전에 반드시 연홍에게 얻은 육포를 모두 먹어치우려고 작정한 것 같았다.

*   *   *

쿵! 쿠쿠쿠쿠쿠쿵!

뒤에서 들려오는 굉음에 모용조경은 놀라서 흠칫 어깨를 떨어 보였다.

작고 동그란 그녀의 어깨.

미세하게 시작된 떨림이 단숨에 손끝에까지 전이된다.

그러나 그 떨림은 곧 잦아들었다.

검.

파양대전에 들어서자마자 빼든 천룡보검의 날카로운 검기가 그녀의 떨림을 멈추게 했다.

그리고 일어난 나직한 검명(劍鳴)!

우웅!

모용조경이 천룡보검의 울음을 온몸으로 느끼며 아미를 가볍게 찡그려 보였다.

"이상하구나! 어째서 천룡이 우는데도 어떠한 적이나 살기도 느껴지지 않는 걸까?"

자신도 모르게 중얼거린 모용조경이 살짝 놀란 표정이 되었다. 어째서 속으로만 생각하려 했던 게 말이 되어 입 밖으로 흘러나왔는지 이해할 수 없었기 때문이다.

바로 그때였다.

드륵!

드르르르르르르륵!

기묘한 소음과 함께 그녀가 들어선 파양대전의 내부에 변화가 일기 시작했다.

방금까지 아무것도 존재하지 않은 텅 빈 공간.

그것도 불빛 하나 보이지 않아서 칠흑 그 자체나 다름없던 이 거대한 대전 안이 환하게 밝아졌다. 대전 이곳저곳에서 휘황찬란한 보광(寶光)이 모습을 드러낸 것이다.

야명주?

한 알만으로도 엄청난 가치를 지니는 스스로 빛나는 보주가 대전의 곳곳을 밝히고 있었다. 마치 어둠에 휩싸여 있던 밤하늘에 은하수가 찬연하게 모습을 드러낸 것이나 다름없는 광경이었다.

그만큼 많았다.

보광을 발하기 시작한 야명주의 숫자는.

그런데 이상하다.

야명주들은 등장과 함께 마구 요동을 쳤다. 이곳저곳으로 제멋대로 이동하더니, 각기 무리를 짓기 시작했다. 마치 한편의 만화경을 보는 것 같은 군무(群舞)였다.

어질!

야명주의 군무에 잠시 눈길을 빼앗겼던 모용조경은 현기증에 눈살을 찌푸려 보였다. 아주 잠깐 사이에 야명주가 형성한 일종의 진법에 정신력이 영향을 받았음을 눈치챘기 때문이다.

그녀는 얼른 하단전에서 한줄기 내력을 운기해서 인당혈 쪽으로 보냈다. 상단전 쪽에 기력을 보충함으로써 야명주의 영향으로부터 벗어나려는 노력이었다.

그러자 다시 변화를 보이기 시작한 야명주의 군무!

그와 동시에 예의 기이한 소음이 들려왔고, 파양대전 전체가 진동을 일으키기 시작했다.

'이제 또 뭐가 등장할 거지?'

모용조경이 수중의 천룡보검에 힘을 가한 채 내력을 극상까지 끌어올렸다.

진법?

잘 모른다.

하지만 크게 문제될 일이 아니라고 모용조경은 생각했다. 어차피 그녀는 이번 어전비무대회에 우승하기 위해 출전한 것이 아니었다.

엄밀히 말해서 목표는 이미 이뤘다고 할 수 있었다.

생사결!

이곳, 파양대전에서 곧 무슨 일이 일어날 터였다.

주목란이 그렇게 말했다.

그러니 모용조경은 이제부터 버티기만 하면 된다. 굳이 파양대전에서 누구보다 빨리 벗어날 생각 따위는 버리고 말이다.

'그런데 한 가지 문제가 있구나! 이런 곳에서 어떻게 이 공자를 만나서 힘을 합할지에 대해 주 군주에게 듣지 못했으니 말이야!'

이현을 떠올리며 모용조경은 살짝 눈빛을 흐려 보였다.

그를 떠올리자 은연중 무시하려 했던 며칠 전 밤이 떠올랐다. 혼자서 몇 명이나 되는 여자들과 연달아 만났던 그의 말도 안 되는 만행이 생각났다.

감히 어떻게 그런 짓을 할 수 있는 것일까?

모용조경은 경악했다.

분노 이전에 이현이란 사람을 이해할 수 없었다.

조건부이긴 하나 그는 모용조경에게 혼사를 약속했다. 그럴 만한 짓 역시 충분히 저질렀다.

그런 터에 다른 여자한테 눈을 돌리다니! 그것도 자신과 함께했던 날에!

모용조경은 당장 이현에게 달려가 추궁하고 싶은 걸 참았다. 그가 자신이 질투심에 눈이 먼 속 좁고 평범한 여자라고 생각하는 게 싫었기 때문이다.

하지만 다시 생각하니 역시 그날의 일은 확실히 따졌어야만 했다. 가슴속 깊숙한 곳에 남았던 이현에 대한 유감이 이런 때에 불쑥 바늘처럼 튀어나오지 않게 하기 위해서 말이다.

우웅!

천룡보검이 다시 울음을 토했다.

마치 주인인 모용조경의 흔들리는 마음을 눈치채기라도 한 듯이.

　　　　＊　　　　　＊　　　　　＊

발발발!

지난 며칠간처럼 환관으로 분장한 악영인은 조심스럽게 파양대전으로 걸음을 옮기고 있었다.

자금성의 외조에서도 꽤나 한적한 곳에 위치한 파양대전이었으나 근래엔 조금 사정이 달라졌다. 어전비무대회의 핵심이라 할 수 있는 생사결이 막 치러진 탓에 동창과 금의위의 위사들이 주변을 삼엄하게 통제하고 있었기 때문이다.

그래서였을 것이다.

평소와 달리 환관 중에서도 직위가 높은 태감의 복장을 한 악영인을 향해 금의위 위사 몇 명이 다가들었다. 하나같이 양쪽 태양혈이 불쑥 튀어나오고 눈에 안광이 번뜩이는 게 최소한 일류 급의 고수들이었다.

'게다가 손가락이 길쭉하고 두툼한 걸 보니, 도객들이로군. 필시 금의위에서 주목란 군주와 어깨를 나란히 한다고 알려진 하북팽가의 무적철혈도 팽무군이 데려온 자들이렸다?'

하북팽가에 대해서라면 악영인 역시 꽤 잘 안다고 할 수 있다. 산동악가와 함께 같은 사패에 속한 신창양가만큼이나 군문으로 유명한 가문이었기 때문이다.

당연히 어려서부터 악영인은 하북팽가에 대해서 아주 자세히 공부했다. 오호단문도를 비롯한 팽가의 무공과 병부, 금의위 등에 진출해 있는 주요 인사에 대해서 말이다.

　악영인은 한눈에 금의위 위사들의 내력을 파악하고 먼저 선수를 쳤다.

　"호호, 너희들은 팽 진무사 휘하에 있는 자들이더냐?"

　악영인에게 다가오던 위사들이 얼른 군례를 취해 보이며 말했다.

　"공공의 말씀대로입니다."

　"공공의 말씀대로입니다."

　악영인이 고개를 끄덕여 보이고 말했다.

　"팽 진무사는 무탈하시더냐?"

　"근래 어전비무대회 때문에 고생이 많으십니다."

　"그렇군. 하나 내 듣기로 이번 어전비무대회만 잘 끝나면 대영반에 오를 수도 있다고 하니, 헛된 고생은 아닐 것이야."

　"공공, 그 말이 진짜이십니까?"

　"내가 제독태감 어르신께 들은 얘기다. 어찌 허튼소리일 수 있겠느냐?"

　"아아!"

　위사들이 서로를 바라보며 환한 표정이 되었다. 악영인의 예상대로 그들은 팽무군이 하북팽가에서 데려온 무사들이었던 것이다.

악영인이 버릇처럼 다시 고개를 끄덕여 보이고 말했다.

"그러니 너희들은 어전비무대회가 끝날 때까지 어떤 사고도 없도록 경계에 만전을 기울여야만 할 것이다!"

"공공, 여부가 있겠습니까? 저기 그런데 공공, 무슨 일로 파양대전에 가시는 건지요?"

"그건 왜 물어보는데?"

살짝 불쾌한 표정이 된 악영인을 보고 위사들이 당황했다. 은연중 동창에 속한 고위 태감임을 내비친 악영인에게 확실히 약세를 드러낸 것이다.

그러나 그들은 금의위의 정예 위사들이었다.

곧 당황한 표정을 거둔 위사 중 한 명이 정중하나 단호하게 말했다.

"금일부터 파양대전은 생사결에 들어갑니다! 생사결에 오른 무사들을 제외한 어떤 자들도 파양대전에 들어갈 수 없게 통제된 상태라 공공께 실례를 범할 수밖에 없으니, 양해해 주십시오!"

"그런 것이었군."

"예, 송구스럽습니다!"

"아니야. 다 같이 공무를 집행하는 처지니까."

악영인이 짐짓 너그러운 표정과 함께 품에서 주목란에게

받은 천호패를 꺼내 내밀었다.

"헛!"

"으헛!"

위사들이 대경한 표정으로 악영인을 바라봤다. 그녀가 꺼내든 천호패란 다름 아닌 금의위 위사들 중 상급에 속한 자를 뜻하는 증표였기 때문이다.

악영인이 재빨리 검지를 들어 입에 가져다 댔다.

"쉿! 나는 대영반님의 명을 받아 비밀 임무를 수행 중이다! 그러니 너희들은 본래 자리로 돌아가서 아무 일도 없었던 것처럼 임무를 수행하도록 하거라!"

"예, 그리하겠습니다!"

"......."

위사들 중 한 명이 복명한 데 반해 다른 자는 의혹 어린 표정을 지어 보였다. 어째서 동창의 태감이 금의위의 천호가 되는지 이해할 수 없었기 때문이다.

그러자 복명한 자가 동료의 옆구리를 꾹 찌르고 얼른 한쪽으로 끌고 갔다.

짬밥 차이랄까?

동료보다 먼저 금의위에 들어온 그가 보기에 악영인의 신분은 심상치 않았다. 자신들로선 감히 올려다볼 수도 없는 창위의 윗전들과 대사를 논하는 위치였다. 그러니 그런 사람이

하는 일에는 끼어들거나 딴죽을 건다는 건 굉장히 위험한 행동이었다. 자칫 살신지화를 부를 위험이 농후한 것이다.

그렇게 위사들을 물리친 악영인이 내심 안도의 한숨을 내쉬고 다시 잰걸음으로 파양대전으로 향했다.

첫 번째 비무!

그게 화근이었다.

당시 예상 밖의 패배만 당한 탓에 아주 일이 지랄 맞아졌다. 파양대전에 침투하기 위해서 태감 노릇을 하는 것도 모자라 지금처럼 거짓말까지 하는 것이다.

'그러니 형님, 이번 일이 끝난 후 내게 진짜 잘해야만 할 거유! 그렇지 않으면 진짜 나도 내가 어찌할지 알 수 없으니까 말이유!'

내심 다짐하는 악영인이었다.

*   *   *

티앙!

순간적으로 파고든 날카로운 화살을 이현은 살짝 고개를 옆으로 돌려 피해냈다.

그러자 기다렸다는 듯 그의 양 옆구리로 파고든 두 개의 창날!

툭!

첫 번째 창날을 발을 치켜 올려 밀어낸 이현이 가볍게 공중으로 뛰어올랐다.

투파악!

이어 손날을 가볍게 휘두르자 다른 창날이 두 토막으로 변해 바닥을 나뒹군다. 찰나 간에 그의 옆구리를 노리며 파고든 두 개의 창날을 모두 처리한 것이다.

하지만 아직 안심할 때는 일렀다.

쿠룽!

쿠콰콰콰쾅!

곧 맹렬한 굉음과 함께 이현이 뛰어오른 공간을 가르며 다수의 철추와 함정이 연달아 발동되었다.

전후좌우!

사방팔방!

삽시간에 모든 공간이 수십 개가 넘는 철추와 각종 함정으로 가득 찼다. 마치 이현이란 존재 자체를 단숨에 피떡으로 만들어 버리려는 것 같다.

'와!'

이현이 내심 탄성을 발하며 공중에 뜬 상태 그대로 다시 발끝을 움직였다. 자신을 향해 가장 먼저 날아온 철추의 방향을 바꾼 것이다.

툭!

쾅!

파팍!

쾅! 쾅! 쾅!

그러자 동시다발적으로 벌어진 다채롭고 참신한 파괴의 광경!

이현에 의해 방향을 바꾼 철추가 또 다른 철추와 부딪쳐 산산조각 났고, 그 파편들이 연달아 발동되던 함정의 기관들을 오작동시켰다.

방향성을 잃어버린 강침이 박힌 강철벽!

수백 개가 넘는 금전표를 뒤덮는다.

도산검림이나 다름없던 수십 개의 칼날과 검날 역시 마찬가지다.

목표였던 이현은 털끝 하나 건드리지 못했다.

연달아 날아든 철추 조각에 부딪혀서 자기들끼리 상잔을 벌였다. 하나같이 범상치 않은 이기(利器)들이라서 도기검광을 번뜩이며 부딪치는 광경이 무시무시했다.

슥!

그러는 사이 이현은 가볍게 함정을 벗어났다.

그러자 거짓말처럼 자취를 감춰 버린 암기와 함정들!

"또?"

이현이 방금 전 자신이 돌파한 공간을 돌아보며 내심 혀를 찼다.

파양대전에 들어서자마자 쭉 이렇다.

칠흑을 연상케 하는 절대적인 어둠!

그리고 그 어둠을 갑자기 지워 버린 야명주의 보광을 본 이후 줄곧 이와 같은 상황이 계속되었다. 연달아 극도로 위험한 상황과 함정이 펼쳐졌으나 돌파만 하면 거짓말처럼 아무것도 아닌 일이 되어버렸다.

흡사 백일몽(白日夢)을 꾼 것 같달까?

'뭐, 백일몽이 아니라 팔문금쇄진의 영향일 테지. 그런데 이 자식, 도대체 어디에 있는 거야?'

이현은 또다시 자신 혼자만 남은 공간 속에서 내심 눈살을 찌푸렸다. 예상보다 훨씬 파양대전 안에 펼쳐져 있는 팔문금쇄진이 골치 아프단 생각이 들었기 때문이다.

그래서 그에겐 지금 무척 필요한 사람이 있었다.

조준!

이번 생사결에 참가한 사람 중 이현이 아는 한 가장 술법과 진법에 능한 자!

이현은 처음부터 명왕종의 술사인 그를 믿고 팔문금쇄진에 대해서 그리 큰 대비를 하지 않았다. 함께 생사결에 참가하는 만큼 그를 찾아내기만 하면 팔문금쇄진 정도는 간단하게 통과할 수 있다 여긴 것이다.

그러나 파양대전에 들어선 후 이현은 한 가지 간과했던 사실을 깨달았다. 팔문금쇄진같이 강력한 진세는 사람의 정신과 이목을 흐리게 만든다. 제아무리 강력한 무공을 지닌 사람이라 해도 진법의 영향권 안에서 다른 사람을 찾는다는 건 정말 쉽지 않은 일이었다.

'쳇! 이래서 목 소저가 항상 사람은 배워야 한다는 말을 항상 입에 달고 살았구나! 아주 곤란하게 되었어!'

이현은 내심 투덜거리면서도 눈을 반짝이고 있었다.

확실히 파양대전에 들어선 후 참으로 많이 고생했다.

목연의 가르침을 따르지 않은 탓에 아주 손발의 고생이 이만저만이 아니었다.

하지만 이현도 쓸데없이 고생만 한 건 아니었다.

한참 동안 팔문금쇄진을 휘젓고 다닌 덕분에 그는 어느새 이곳에 익숙해지고 있었다. 팔문금쇄진의 여러 가지 함정과 환상, 느닷없는 변화에 몸과 마음 모두가 철저하게 단련된 것이다.

목연에게 배웠던 진법의 기본!

바로 어떤 변화든지 간에 단계적이고, 정교한 질서를 따르게 되어 있다는 점이다.

이현은 그 질서의 한가운데에서 잠시 심호흡을 가다듬은

후 다시 정신을 집중했다.

기감의 확장!

여태까지의 실패를 거울삼아 이번에는 전력을 기울였다.

파양대전의 크기를 머릿속에서 가상으로 그린 후 거기에 맞추는 방식에서 탈피했다.

순간적으로 무한대에 가깝게 확장한 기감을 그만큼 빠른 속도로 축소시켰다.

그렇게 함으로써 더욱 세밀하고 자세하게 팔문금쇄진과 그 속에서 활동하고 있는 참가자들의 면면을 확인하려 한 것이다.

그렇게 하길 얼마나 지났을까?

'찾았다!'

이현이 내심 소리쳤다.

팔문금쇄진의 동쪽 방면!

그곳에서 이현은 아주 원활한 흐름 하나를 포착해 냈다.

이현 자신과 다른 참가자와는 아주 다른 흐름!

여유가 아주 흘러넘친다.

이현이 알기로 그럴 수 있을 만한 능력자는 단 한 명, 바로 조준뿐이었다. 그가 지닌 명왕종의 능력이라면 충분히 한왕 진우량의 60만 대병을 수장시킨 팔문금쇄진에서 산책이 가능할 터였다.

'좀 약 오르는데?'

이현이 눈살을 살짝 찡그려 보였다. 입가 역시 마찬가지다. 조금 험상궂은 기색이 어린다. 자신과는 사뭇 다른 조준의 상황이 마음에 들지 않았기 때문이다.

슥!

그래서 그는 더 기다리지 않았다.

텅 비어 보이는 공간!

자신의 눈에는 분명 그렇게 보이는 그 공간 속으로 이현이 바로 신형을 날렸다. 조준이 이동하고 있는 방향으로 말이다.

*   *   *

동창 지밀대의 사신!

얼마 전까지 보겸이란 가명으로 어전비무대회에 참가했던 운종은 어둠 속에서 차갑게 눈을 반짝이고 있었다.

그가 어전비무대회에 참가한 이유는 단 하나!

바로 칠황야의 명으로 13황자 주덕룡의 호위를 맡은 한빙 신마 단사령이었다.

그가 아는 바 단사령은 당대에 유일하게 천하제일인 운검 진인과 혈투를 벌인 고수 중의 고수였다. 더욱 놀라운 사실은 그가 아직 생존해 있다는 점이었다. 운검진인과 적대시했음에도 말이다.

당연히 무인이라면 피가 끓어오르지 않을 수 없었다.

이만한 초강자를 눈앞에서 만났으니까.

하물며 운종은 항상 어둠 속에서 활동해야만 하는 지밀대 소속이었다. 오랫동안 무림의 강자들과의 대결을 갈구해 온 터에 단사령을 보자 피가 미칠 듯 끓어올랐다. 어떻게든 그와 생사결전을 벌이고 싶었던 것이다.

그래서 어렵사리 출전한 어전비무대회!

놀랍게도 운종은 단사령을 만나기도 전에 패배하고 말았다.

조준!

무적철혈도 팽무군의 추천으로 어전비무대회에 출전했다는 무명의 청년.

그는 강했다.

상상을 뛰어넘을 정도로 강했다.

보겸이 패한 것도 이상할 게 없을 정도로 강했다.

그러나 그가 이긴 건 보겸이지 운종이 아니었다. 지밀대의 사신인 자신의 신분을 숨기기 위해서 운종은 끝까지 조준과 의 대결에 최선을 다하지 않았다.

그래서 운종은 오늘 생사결이 펼쳐지고 있는 파양대전에 은밀히 침투했다.

자신의 전력!

모든 것을 쏟아부어서 대결해 보고 싶다!

한빙신마 단사령! 그리고 보겸을 이긴 조준을 상대로 말이다!

그 같은 생각과 함께 운종은 어둠 속에 머물러 있었다.

팔문금쇄진!

이 지옥과도 같은 절세의 기문진법 안에서 그는 단사령과 조준을 기다렸다. 팔문금쇄진의 요처에서 그들이 접근하기를 기다렸다. 언제까지든 기다리고 또 기다릴 생각이었다.

第十章

이야, 반갑다!

멈칫!

조준은 묵묵히 걸음을 옮기던 중 갑자기 석상같이 변했다.

조금 더 정확히 말하자면 걸음을 멈추고, 모든 생체 활동을 정지시켰다. 마치 생기 자체가 존재하지 않은 무생물처럼 자신을 변화시킨 것이다.

그러자 갑자기 변화를 일으킨 주변의 환경!

웨엥! 웽! 웨엥! 웽!

어둠 속에서 갑자기 한 줄기 빛이 번뜩이더니 수백 마리가 넘는 커다란 벌떼가 모습을 드러냈다. 빛의 인도를 따라서 어디인지 모르는 곳에서 튀어나온 후 사방을 온통 요란한 날갯소리로 가득 메우고 있었다.

그러나 기괴할 정도로 커다란 벌떼는 조준의 부근을 날아다니기만 할 뿐 어떤 해도 끼치지 않았다. 그가 미리 동작을 멈추고 생체 활동을 정지시켰기 때문이다.

그러니 이제 시간을 보내기만 하면 될 터였다.

어느 정도 시간이 지난 후 눈앞의 기괴한 벌떼는 다시 사라진 빛을 따라 자취를 감출 테니까.

한데, 이게 어찌 된 일인가!

웨엥! 윙!

조준의 주변을 날아다니던 벌떼 중 일부가 갑자기 요란한 날갯짓과 함께 한쪽으로 몰려갔다.

'이변이 일어났군.'

조준은 내심 눈살을 찌푸려 보였다.

생사결에 들어선 후 처음이다.

그의 예측과 다른 이변이 생긴 것은.

그러니 이제는 계속 생체 활동 정지 상태를 유지할 수 없었다. 이런 무방비 상태에서 암습이라도 당하면 곤란한 상황에 처할 수도 있으니까.

조준이 생체 활동을 다시 활성화했다.

팟!

그러자 기다렸다는 듯 그를 향해 날아드는 벌떼들!

"옴!"

조준이 나직한 진언과 함께 손가락을 빠르게 앞으로 뻗어 냈다. 한 번이 아니다.

그는 연달아 수백 번에 걸쳐서 똑같은 동작을 반복했다. 자신의 진언에 움직임이 굳어버린 벌들을 하나하나 손가락으로 튕겨 버린 것이다.

그리고 그와 동시였다.

조준에게서 일부 떠나갔던 벌들을 헤치며 이현이 어둠 속에서 불쑥 모습을 드러냈다.

"이야, 반갑다!"

'이런 곳에서 만나게 되는 것인가?'

조준이 살짝 흔들린 시선으로 이현을 바라봤다.

생사결!

이곳에서 이현과 만나길 고대하고 있었다. 그러기 위해 신마맹주의 명을 어기고 북경에 왔고, 어전비무대회에 참가했다.

당연히 시간을 끌 이유는 없다.

스슥!

자신을 향해 반갑게 손을 흔들고 있는 이현을 바로 공격하기 위해 조준은 발끝을 모았다. 강력한 공격을 가하기 위한 예비 동작 같은 것이다.

그런데 막 이현을 향해 돌진하려던 조준의 미간이 찡그려졌다.

'이곳엔 우리 둘만 있는 게 아니로군.'

어둠의 저편.

미묘한 기운이 전해져 온다.

이현과 조준.

두 사람을 노린 채 웅크리고 있는 아주 이질적인 기운이 말이다. 이현이 웃음 띤 얼굴로 말했다.

"역시 숭인학관에서는 본 실력을 숨기고 있었군."

"그게 강호를 떠도는 무림인의 자세가 아닌가?"

"언제부터 무림을 떠돌았다고 그딴 소리를 하는 거냐?"

"당신이 생각하는 것보다는 오래됐다."

"말 계속 짧게 할 거냐?"

"물론."

이현의 얼굴에서 웃음기가 사라졌다.

"그러다 뒈지는 수가 있다."

"그 말, 두 번째 듣는 것 같군."

이현의 몸 주변에서 맹렬한 무형지기가 휘몰아쳤다. 삽시간에 은하천강신공이 호신강기의 형태로 구체화되어 조준을 뭉개 버릴 듯 넘실거렸다.

그러나 여전히 미동조차 없는 조준.

'쳇! 이 자식, 내가 제 놈을 찾아온 이유를 알고 있구나!'

내심 혀를 찬 이현이 은하천강신공을 거두고 퉁명스럽게 말했다.

"너 팔문금쇄진의 파훼법 알고 있냐?"

"팔문금쇄진?"

"설마 여기 펼쳐진 진법이 팔문금쇄진이란 걸 몰랐던 거냐?"

"몰랐는데."

"그럼 파훼법은?"

"모르는 진법의 파훼법을 알아내는 방법은 세상에 없다."

"그래도 이제부터 찬찬히 머리를 굴리다 보면 파훼법을 알아낼 수 있겠지?"

"내가 그래야만 하나?"

"당연하지! 너는 그럼 이 어두컴컴하고 께름칙한 곳에 계속 처박혀 있을 생각인 거냐?"

"그럴 생각은 없다."

"그렇지! 그러니까 지금부터 너는 팔문금쇄진의 파훼법을 열심히 연구해야 하는 거야! 그러면……."

"이곳에 펼쳐져 있는 기문진법은 특정한 파훼법이 존재하지 않는다."

"…파훼법이 없다고?"

"그렇다."

"그럼 어떻게 이곳을 빠져나가는데?"

"......."

조준이 대답 대신 손을 들어 손가락 네 개를 꼽아 보였다.

"그게 뭔데?"

"네 명."

"아하!"

이현이 나직이 탄성을 발했다. 비로소 조준이 어떻게 팔문 금쇄진에서 벗어나려 하는지 눈치챘기 때문이다.

그러나 곧 그가 낙담한 표정이 되었다.

"그렇다는 건 네 명이 남기 전까진 이 빌어먹을 곳을 벗어날 수 없다는 건가?"

조준이 한심하다는 표정을 숨기지 않고 말했다.

"굳이 그럴 필요가 있다고 생각하나?"

"물론 아니지."

"......."

조준이 표정을 바꾸기도 전이었다.

슉!

그의 앞에서 거짓말처럼 모습을 감춘 이현이 단숨에 오 장의 거리 밖에 나타났다.

이형환위?

원리는 비슷하나 전혀 다르다.

그는 어둠을 이용해 자신의 몸을 감쪽같이 지워 버린 채 고속 이동을 감행하는 데 성공했다. 이형환위와 동일한 속도이되 분신 따윈 남기지 않은 것이다.

이유는 곧 밝혀졌다.

콰!

이현이 미리 수장에 운집해 놨던 강력한 기운을 어둠 속에 잠긴 공간을 향해 쏟아냈다.

벽류인!

그 다음은 천궁지(天穹指)와 쇄월지(碎月指)! 그리고 은하적성지의 연사다.

각기 다른 종류의 기운과 속도, 변화가 담긴 이현의 지공연사에 어둠의 장벽이 우르르 무너져 내렸다.

거짓말이 아니다.

진짜로 어둠의 장벽이 무너지며 검은색으로 온몸을 도배한 하얀 얼굴, 작은 몸집의 무인이 바닥에 쓰러졌다.

낭인검(浪人劍) 인월!

스스로를 부상국(일본)의 후예라 칭한 참가자.

그는 어전비무대회에서 그다지 눈에 띄지 않는 사람이었다.

한 자루 왜도(倭刀)!

기묘한 신법과 은신술!

중원에서는 보기 드문 독특한 독문절기를 이용해 그는 어전비무대회에서 계속 피투성이 싸움을 벌였다. 상대방을 압도하지 못하고 아슬아슬하게 이기곤 했다.

그 후 사람들의 무관심 속에 본선에 올랐고, 생사결에 참가하는 자격까지 얻었으나 인상적인 모습을 보이지 못하는 건 여전했다.

고수들이 출전한 본선에서도 예선 때와 마찬가지로 매번 고군분투하며 혈전을 벌인 끝에야 가까스로 승리를 거두곤 했기 때문이다.

그러나 이현의 의견은 좀 달랐다.

그는 인월을 통해 중원과는 완전히 다른 형태로 발전된 부상국의 검법에 꽤나 큰 흥미를 느꼈다. 남해 쪽의 해적들을 몇 차례 상대해 본 적이 있으나 그가 펼친 검법과 비슷한 건 단 한 번도 보지 못했다.

완전히 새로운 형태의 검법!

기묘한 형식의 신법, 은신술과 더불어 이현 같은 무광(武狂)의 구미를 당기게 하기에 충분했다. 무학이 높고 낮음을 떠나 한 번도 보지 못했던 새로운 형태라는 것만으로 눈길을 잡아끌 수밖에 없었다.

"어이쿠, 부상국의 검객 양반! 어쩌다가 이런 꼴이 되셨소? 어떤 놈이 이런 꼴을 만들어 놓은 거야?"

"……."

이현이 호들갑스럽게 주변을 둘러보자 인월의 하얀 얼굴이 꽉 구겨졌다. 이현이 자신을 조롱하고 있다고 생각했기 때문이다.

이현이 말했다.

"그거 맞아!"

"……?"

"머리 굴릴 것 없어. 당신이 지금 생각하는 그거 맞다구!"

이현이 목소리에 힘을 주자 인월의 눈매가 가늘어졌다.

살기?

그렇게 평범한 게 아니다.

인법!

일종의 주술이랄까?

술법이랄까?

인월은 부상국 인자들 전래의 정신적인 공격법을 이현에게 집중시켰다.

움찔!

그렇게 이현에게 가벼운 경련을 유도한 그가 곧바로 바닥을 굴렀다.

그냥이 아니다.

인월 특유의 은신술을 동반했다. 이 간단한 동작으로 그는 이현에게서 자신의 본색을 숨기는 데 성공했다.

…아니, 그럴 수 있다고 생각했다.

퍽!

순간 이현이 내지른 회심퇴에 얻어맞은 인월이 개구리처럼 바닥에 발라당 뻗어버렸다. 은신술을 펼치며 이동하던 중 정확하게 이현의 회심퇴에 머리통을 가격당했다. 뇌진탕과 함께 의식을 잃어버릴 수밖에 없는 일을 당한 것이다.

질질질…….

혼절한 인월의 발을 잡아 끌고 온 이현이 뭔가 골똘한 생각에 잠겨 있는 조준에게 말했다.

"뭔 생각을 그렇게 하고 있냐?"

"……."

"야!"

"……."

"야! 야! 야! 야!"

연달아 똑같은 어조로 불러대는 이현을 조준이 살짝 노려봤다.

"일부러 이러는 것이냐?"

"어."

"……."

조준의 눈에 살기가 감돌았다. 그만큼 이현이 얄미웠다.

이현은 태연했다.

"그래서 뭐 좀 알아낸 게 있냐?"

"내가 뭘 알아냈을 거라 생각하는 거요?"

"다른 놈들이 숨어 있는 곳. 혹은 어디에서 열심히 삽질하고 있는지 정도?"

"단순하군."

"단순하지 않을 이유라도 있나?"

"하긴 당신 정도 되는 사람한테는 지금 상황이 그리 특별할 것도 없겠군. 어떤 일이 벌어진다 해도 자기 자신에겐 어떤 문제도 생기지 않을 거라 생각할 테니까."

"뭐, 그건 너도 마찬가지 아냐?"

"꼭 그렇진 않소."

"어찌 됐든 대충 비슷한 생각 정도는 하고 있었다는 거네?"

"……."

이현이 다시 입을 다문 조준을 심드렁하게 바라보고 인월을 그의 앞에 내동댕이쳤다.

"뭐, 그건 그렇고 이 녀석 심문 좀 해봐!"

"심문?"

"어. 이 새끼, 좀 구리거든."

"어떤 점이 구리다는 거요?"

"그건 나도 모르지!"

"당신……."

"그러니까 그건 네가 좀 알아봐. 나는 지금부터 구린내를 쫓아서 다른 놈들 좀 사냥하고 돌아올 테니까."

"……."

조준이 뭐라고 대답하기도 전에 이현이 어둠 속으로 사라졌다.

'정말 대책 없는 사람이로군!'

조준이 이현이 사라진 방향을 잠시 바라보다 바닥에 뻗어 있는 인월에게 시선을 던졌다.

부상국의 인법을 익힌 인자!

중원에서 쉽사리 발견할 수 없는 독특한 술법을 익힌 자다.

대막에서는 더욱 그러하다.

하나 조준은 명왕종의 제자였다.

모든 술법의 대종!

부상국의 술법자라고 해서 갑자기 제멋대로 툭 튀어나왔을리 없다. 명왕종이 주재하는 술법 대종으로부터 파생되어 오랫동안 독자적으로 자생했을 뿐이었다.

즉, 본류를 거슬러 올라가면 명왕종의 술법과 다르지 않다.

하나의 뿌리!

하나의 원류!

만류귀종이라 할 수 있었다.

'그런데 감히 내가 참가한 생사결에 이런 허접스러운 자들을 잔뜩 투입하다니! 이건 칠황야의 배신일까? 아니면 현사의……'

조준은 생각을 정리하다 문득 손을 뻗었다.

퍽!

인월의 입이 박살 났다. 어금니 안쪽에 숨겨놨던 독단 따윈깨물 수 없을 만큼 말이다.

"어으… 어으어……."

뭔가를 말하려 어물거리는 인월을 무심하게 바라보던 조준이 냉정하게 말했다.

"굳이 노력할 필요 없다. 어차피 네놈은 내게 모든 걸 털어놓을 수밖에 없으니까."

"어으어……."

"그럴 필요 없다니까?"

"…으어!"

인월이 조준을 올려다보다 눈을 부릅떴다. 순간 조준의 눈동자 속에 떠오른 붉은색 홍채에 영혼이 침식당하기 시작한 것이다. 자신의 의지와는 관계없이 말이다.

*　　　　　*　　　　　*

[인막의 인월 대주로부터 보고가 전해지지 않고 있다!]

[그게 얼마나 되었지?]

[반 각이 지났다.]

[반 각이라면 아직 여유가 있잖아? 그의 곁에는 인막의 특급 인자들이 잔뜩 포진해 있으니까 크게 걱정할 필요는 없다고 생각한다.]

[그래도 가서 한번 확인해 봐야 하지 않을까?]

[이곳에 펼쳐져 있는 팔문금쇄진은 무척 강하다. 비록 우리가 파훼법을 숙지한 상태이긴 하나 함부로 움직이다간 문제가 생길 가능성이 너무 높아.]

[동의한다. 하지만 인월 대주가 이끄는 인막은 현재 천멸사신을 감시하고 있다! 만약 인월 대주와 인막이 천멸사신에게

간파당한 것이라면 지금 당장 거사를 도모해야만 한다.]

　[그렇긴 하지만 지금 바로 움직이기엔 너무 위험 부담이 크다.]

　[그럼 어떻게 하자는 건가?]

　[어차피 반 각 후에 팔문금쇄진이 대변화를 일으키게 된다. 그때 그 변화를 틈타서 움직이는 게 좋을 것 같다.]

　[동의한다.]

　[그럼 그렇게 하자. 다른 이들에게도 이 같은 사항을 전달하겠다.]

　[좋은 의견 교환이었다.]

　[나 역시 마찬가지다.]

　　　　　　　*　　　　　*　　　　　*

　'이것들 봐라?'

　조준의 곁을 떠나 빠르게 팔문금쇄진 안을 휘젓고 다니던 이현의 눈이 깊어졌다.

　인월을 포획한 것과 동시였다.

　이현은 아주 짧은 순간, 그와 비슷한 종류의 기운을 발하는 자들을 다수 발견했다.

　다수!

그 숫자는 생사결에 출전한 자들을 월등히 뛰어넘었다. 간단히 말해 지금 생사결이 벌어지고 있는 파양대전에 16명을 훨씬 넘는 인원이 들어와 있다는 것이다.

어떻게 그럴 수 있는 걸까?

아니, 그보다는 그들의 목적은 무엇일까?

이현은 복잡하게 생각하지 않기로 했다.

그럴 필요가 없었다.

모든 궁금한 점은 인월처럼 붙잡은 다음에 천천히 물게 하면 될 테니까.

'그런데 이것들이 겁대가리도 없이 나 여기 있다고 열심히 떠들어대고 있네?'

이현이 천하에 몇 명 없는 절대지경에 오른 고수이긴 하나 남의 전음을 훔쳐 듣진 못한다. 적어도 아직까진 그런 재주는 없었다.

다만 그는 갑자기 여기저기에서 서로 간에 전음으로 떠드느라 흐트러진 자들의 호흡을 포착했다.

본래 인월보다 살짝 수준이 떨어지던 자들이다.

그래서 꽤 멀리 떨어져 있었음에도 이현은 그들이 당황해서 내뿜은 숨결과 기운을 느낄 수 있었다.

그런데 하물며 자기들끼리 전음입밀로 대화까지 나눴다.

어찌 그 기운이 포착되지 않을 수 있겠는가.

이현은 내심 혀를 차고 손가락질을 해 보였다.

'어느 곳을 고를까요? 알아맞혀 보세요! 음! 저기로군!'

이현은 자신의 손가락이 가리키고 있는 방향을 힐끔 바라보고 곧바로 신형을 날려갔다.

스으 팟!

이현이 펼친 잠영보의 속도는 결코 인월을 덮칠 때보다 못하지 않았다.

오히려 속도 면에선 더 빨랐다.

특별히 은신자의 시선을 분산하거나 속일 마음이 없었기 때문이다.

픽!

'헉!'

어둠 속에서 검은색 천이 물결 모양의 무늬를 만들며 흘러내렸다.

그리고 그 속에서 모습을 드러낸 인월과 동일한 복색의 인자!

"하나!"

이현이 나직하게 숫자를 세고 다시 잠영보를 펼쳤다.

슉!

이번에는 그리 멀지 않은 곳이다.

픽!

'크헉!'

"둘!"

다시 숫자를 센 이현이 이번에는 공중으로 붕 떠올랐다. 그리고 종횡하듯 지력과 수장을 날리자 후드득 떨어져 내리는 몇 개의 인영!

"셋, 넷, 다섯… 여덟!"

그때 빙글 회전하며 바닥에 떨어져 내린 이현의 입가에 흐릿한 미소가 떠올랐다.

드디어 전음으로 떠들던 자들 사이에서 대혼란이 일어났다. 서로 수다 떨던 걸 거두고 은신해 있던 장소에서 대규모로 이동을 하기 시작한 것이다.

'그렇지! 그렇게 나와야지! 그래야 내가 사냥하기가 쉬워지니까 말야!'

내심 쾌재를 올린 이현이 자신에게 제압된 인자들을 한차례 살피고 다시 신형을 날렸다.

어둠 속 사냥!

이제부터가 진짜다.

본격적으로 재미를 볼 때가 된 것이다.

*   *   *

[큰일 났다.]

[또 뭐가 큰일 났다는 건가?]

[인막의 인자들이 계속 기습을 당하고 있다.]

[그렇다는 건 이미 인월 대주가 천멸사신에게 당했다고 봐
야 하겠군?]

[나도 그렇게 생각한다.]

[그럼 곧바로 거사를 도모하도록 하자.]

[그럼 인막과 인월 대주는 어찌하지?]

[버린다! 동의하나?]

[동의한다.]

[그럼 곧바로 형제들을 소집하도록 하자. 우리가 함께 모이
지 않은 상태에서 천멸사신에게 기습을 당한다면 인막과 인
월 대주 꼴이 되지 않으리란 보장이 없으니까.]

[동의한다. 그런데 한 가지 확실히 해두자.]

[말해라.]

[만약 우리가 모두 모였는데도 천멸사신을 이길 수 없을 것
같을 때는 도망치자.]

[동의한다. 이길 수 없는 상대한테 목숨을 걸 이유는 없다.]

[동의한다.]

[좋은 의견 교환이었다. 그럼 형제들을 불러 모으자.]

[그래.]

　　　　＊　　　　　＊　　　　　＊

　슥!

　스슥! 스스스스슥!

　이현은 갑자기 자신의 주변에 모습을 드러낸 검은색 복면의 그림자들을 살피고 피식 웃었다.

　그동안 그에게 기습당한 복면인의 숫자는 열다섯!

　그런데 갑자기 그 배가 넘는 서른 명이나 되는 복면인들이 모습을 드러냈다.

　생사결!

　태조 주원장이 한왕 진우량의 60만 대병을 몰살시킨 팔문금쇄진이 펼쳐져 있다는 이곳.

　그 삼엄한 기문 진법 안에는 어느새 이렇게 많은 수의 복면인들이 숨어 있었다. 그것도 하나같이 부상국 출신의 인자로 보이는 자들이 말이다.

　'검치 노야가 날 불러올 만했구만. 황제가 사는 자금성. 그 중에서도 가장 엄중한 경계가 벌어져 있는 곳에 왜놈들이 이렇게나 많이 기어들어 와 있었으니 말이야. 설마 이놈들, 황제

가 친견하는 어전비무대회 결승전 때 난(難)이라도 일으킬 작정을 한 건가?'

충분히 예측 가능한 일이다.

황제!

자금성에서도 구중심처에 살고 있다. 무수히 많은 금의위와 친병, 동창 고수들에게 철통 같은 보호를 받는다. 수만 명의 대병이 한꺼번에 몰려든다 한들 쉽사리 황제를 죽이거나 생포할 수 없는 게 당연하다.

하물며 북경 인근에는 오군도독부가 존재했다.

족히 십만에 달하는 최정예 병사들이 병부의 지휘하에 존재하고, 검치 노철령에 의해 모든 유력 황족들이 감시되고 있다. 반황제파의 중심인 칠황야의 모든 가솔이 있는 왕부 역시 마찬가지다.

그러니 이런 상황에서 반황제파가 반란을 일으키려면 어찌해야 할까?

며칠 전, 밤.

노사차관에서 만난 검치 노철령과 이현은 한 가지 사항에서 공감대를 형성했다. 반황제파가 반란을 일으키기 위해선 반드시 황제가 필요하다는 것이었다.

즉, 이번 어전비무대회가 일종의 발화점이 될 터였다.

순서는 이렇다.

첫째, 평소처럼 결승전에 친견 온 황제를 납치 혹은 구금한 후 남경에서 칠황야가 반란의 기치를 높인다.

둘째, 이에 맞춰 북경 일대의 왕부와 조정, 병부에 숨어 있던 반황제파들이 이에 동조한다.

셋째, 황제의 이름으로 칙명을 내려서 검치 노철령 일파가 중심이 된 친황제파를 숙청한다.

넷째, 남경에서 반역의 세를 규합한 칠황야가 반황제파의 황족들과 조정 대신들의 추대로 북경에 대병을 이끌고 온다.

다섯째, 꼭두각시가 된 황제는 칠황야에게 황위를 양도한다.

물론 이렇게 일이 진행되기 위해선 검치 노철령이 이끄는 동창과 금의위를 제압하는 게 선행되어야 한다. 북경 일대에 진을 치고 있는 오군도독부와 함께 말이다.

그래서 반황제파들은 오랫동안 숨을 죽이고 있었다.

검치 노철령이 만성독약에 몸이 망가진 이때까지.

'충분히 자신이 있었겠지. 검치 노야한테 만성독약을 그 정도로 주입할 수 있었다는 건 이미 동창과 금의위 쪽에도 상당

수 자신들의 세력을 투입해 놨다는 뜻일 테니까. 하지만 검치 노야가 그렇게 호락호락한 분은 아니시지.'

이현은 검치 노야와 만났던 밤을 다시 떠올린 후 입가에 흐릿한 미소를 떠올렸다. 그가 죽기 전에 마지막으로 제갈공명의 흉내를 내려함을 눈치챘기 때문이다.

물론 그러기 위해선 현재 이현이 힘을 내야 할 터였다.

반황제파가 왜놈들까지 끌어들인 걸 알았다.

적당히 넘어갈 일이 아닌 것이다.

"너희들 뭐 하냐?"

"……."

"튀어나왔으면 어서 공격해 봐! 시간 끌지 말고!"

"……."

"싫어? 그럼 내가 가지 뭐!"

이현이 서른 명의 인자들을 향해 어깨를 한차례 으쓱해 보이고 벼락같이 파고들었다.

슥!

스슥! 스스스스슥!

인막의 인자들이 그에 따라 움직임을 보였다. 처음부터 이현이 먼저 공격하길 기다리고 있었던 것처럼 빠르고 체계적인 대응에 들어간 것이다.

　　　　*　　　　　*　　　　　*

"쿠어어어어어억!"

부상국 십대 인자 집단 중 하나인 인막의 2인자인 대주 인월은 입에서 피거품을 쏟아내며 앞으로 고꾸라졌다.

자세히 보니 입만이 아니다.

두 개의 눈.

두 개의 귀.

양쪽 콧구멍까지.

무려 일곱 군데에서 피를 꾸역꾸역 쏟아냈다. 칠공토혈을 하면서 몸속의 모든 피를 밖으로 배출해 낸 것이다.

그렇게 인월이 자신이 쏟아낸 피바다 속에 잠겨들었을 때였다.

까닥!

인월의 정신을 산산조각내며 모든 사실을 알아낸 조준이 고개를 한차례 흔들었다.

목이라도 풀려는 것인가?

아니다.

그런 것이.

팟!

조준이 목을 흔든 것과 거의 동시였다. 그에게서 삼 장 가량 떨어진 검은 공간이 갑자기 두 개로 나뉘었다.

일도양단?

정확하진 않으나 그렇게밖에는 설명할 수 없다. 실제로 어둠밖에 존재하지 않던 검은 공간이 갑자기 두 개로 나뉘었으니까.

촤아악!

그와 함께 둘로 나뉜 검은 공간에서 핏물이 폭포수처럼 쏟아져 내렸다. 일도양단된 검은 공간은 실제론 일종의 위장막이었고, 그 속에는 사람이 숨어 있었던 것이다.

조준이 그 모습을 묵묵히 바라보다 나직하게 말했다.

"이미 오행멸신진은 깨졌다. 나머지 네 명이서 나 천멸사신을 상대할 수 있을 거라 생각하는 건 아닐 테지?"

"……."

대답이 없다.

그러나 바로 그때다.

조준의 고개가 다시 옆으로 기울어졌고, 그를 둘러싼 검은 공간 모두가 요동쳤다.

조준의 입가에 조소가 스쳤다.

"현사가 자랑하는 오행마귀 치곤 겁이 너무 많은 거 아닌가?"

"……."

"그렇다면 내가 용기를 불어넣어 줘야겠군!"

조소보다 차가운 일갈과 함께다.

슥!

순간, 조금 전 흔들렸던 어둠을 향해 조준이 벼락같이 수장을 내뻗었다.

번쩍!

빛이 일어났다.

뇌광!

시퍼런 광채가 어둠을 직격했고, 다시 위장막 하나가 사라졌다. 조준의 수장을 떠난 뇌광에 의해 한 줌의 재로 변해 버린 것이다.

화르륵!

그러나 이후의 변화는 좀 달랐다.

재로 변한 위장막 속에서 갑자기 한 토막 불덩이가 튀어나왔다.

고작해야 주먹만 한 크기!

분명 그랬다.

아주 잠깐 동안은 말이다.

화르르르르르르르르르르르르르륵!

곧 그 주먹만 한 불덩이가 집채만 하게 변했다. 맹렬한 기세로 몸집을 불렸다. 마치 대폭발을 앞둔 것처럼 말이다.

조준의 눈이 가늘어졌다.

"화귀(火鬼)였군."

뭔가 실수했다는 투의 중얼거림.

"그래, 내가 화귀다!"

집채만 한 불덩이가 천둥같이 울부짖으며 조준을 향해 바퀴 모양을 한 채 굴러갔다.

원체 커져서인가?

몇 바퀴 구르지 않고도 어느새 화귀는 조준의 바로 앞까지 도달했다. 그 거대한 불덩이로 조준을 아예 짓눌러 버리려는 것 같았다.

하나 그때였다.

번쩍!

조준의 손이 기묘한 수결을 맺더니, 곧 하나의 길쭉하고 찬연하게 빛나는 검형을 형성했다.

검강?

그보다 더욱 찬연하게 빛나고, 순식간에 늘어난 검형이 벼락같이 화귀를 베어버렸다.

"크악!"

화귀가 비명을 터뜨렸다. 그리고 순식간에 흩어져 버리는 불덩이!

털썩!

방금까지 집채만 한 불덩이였던 화귀가 작고 왜소한 몸집의 사나이로 변해 바닥에 대자로 뻗었다. 몸에 별다른 상처는 보이지 않으나 빠르게 생기가 소멸하고 있었다. 조준이 만들어낸 빛의 검형이 생명의 근원이라 할 수 있는 그의 원정지화(原精之火)를 박살 내버렸기 때문이다.

그리고 그와 동시다.

핏!

순간 사그라지던 화귀의 불꽃 일부가 조준의 빛의 검형을 타고 올라가 회전하더니, 번개같이 반대 방향으로 날아갔다.

화르륵!

"크악!"

어둠 속에서 다시 비명이 터져 나왔다. 화귀의 원정지화 조각에 목귀가 불타오르며 터뜨린 단말마였다.

"화극목(火剋木)이지."

"……."

"이렇게 물, 불, 나무가 죽었으니 이제 흙[土]과 쇠[金], 둘이서 어찌할지 궁금하군."

"……."

"도망인가? 나쁜 판단은 아니야!"

조준이 차갑게 말하며 수중의 빛의 검형을 잠시 바라봤다. 토귀와 금귀를 마저 잡아서 죽여야 할지 고민에 빠진 것이다.

'맹주는 현사의 전횡을 눈치채고도 죽이지 않았다. 그렇다는 건 아직 쓸모가 있다는 뜻일 터. 굳이 이 험악한 기문 진법 안에서 위험을 무릅쓰고 그의 심복들을 죽일 필요는 없겠지. 내 상대는 어디까지나 마검협이니까.'

마검협 이현!

우연인지 필연인지 알 수 없으나 함께 어전비무대회에 출전하게 되었고, 팔문금쇄진 안에서 마주치게 되었다.

방금 현사의 날파리까지 모두 제거한 이상, 그와의 대결에 방해 요소는 이제 없다고 봐도 무방했다.

숭인학관 시절부터 줄곧 갈망해 왔던 싸움이 바로 앞에 다가온 것이다. 천하제일인 운검진인과 대결할 수 있는 권리를 쟁취하기 위한 싸움이 말이다.

'으음, 날파리가 아직 더 남아 있었던 건가?'

이현을 찾기 위해 기감을 확장시키던 조준의 눈에 기괴한 안광이 번뜩였다.

그가 현사의 오행마귀들과 싸울 때 이현 역시 놀고만 있진 않았던 것 같다. 꽤 많은 숫자의 고수들과 한창 어우러져 싸움질을 하고 있는 것이다.

'숫자가 꽤 많군. 마검협 주제에 질 것 같진 않지만 나한테

돌아왔을 땐 기력이 상당히 소모된 뒤겠지?'

기운이 소진된 마검협!

그와 싸우는 건 조준에겐 흥미 없는 일이다.

어차피 천하제일인 운검진인으로 향하는 길목에 버티고 선 조금 큰 돌부리에 불과하다 생각했다. 하물며 자신이 아닌 다른 누군가에게 마모된 돌부리 따위, 어디다 쓰겠는가.

내심 생각을 정리한 조준이 잠시 방향을 가늠한 후 어둠 속으로 신형을 움직였다.

쿠쿠쿠쿠쿠쿠쿵!

그러자 마치 기다렸다는 듯 변화에 들어간 팔문금쇄진!

파훼법을 아는 자조차 몸을 사릴 기문 진법의 대변화 속으로 조준은 한 치의 망설임도 없이 뛰어들었다.

*   *   *

'어이쿠! 더 있었냐?'

이현은 어둠 속에서 꾸역꾸역 튀어나오고 있는 인막 인자들을 바라보며 내심 혀를 찼다.

처음에는 16명이었다. 두 번째는 서른 명쯤 되었다.

이젠 거의 백여 명에 달하는 숫자가 모습을 드러냈다. 도대체 어디에 숨어 있었던 걸까?

아예 이곳에서 인월을 제외한 다른 자들을 모조리 죽일 작정을 하고 있었던 게 분명하다.

'아니, 그렇게 보기엔 숫자가 지나치게 많은데? 이번에 생사결에 참가한 인원은 16명. 그중 한 명을 빼면 15명 정도인데, 그자들을 제거하기 위해 이렇게까지 할 이유가 있나?'

뭔가 이상했다. 어쩌면 자신과 검치 노철령이 놓친 부분이 있을지도 모른다. 이현은 어전비무대회 본선을 회상했다. 그곳에서 인월과 조준을 제외하고 자신의 시선을 끌었던 고수급들의 면면을 확인하기 위함이었다.

한데, 그때 이현을 포위하고 있던 인자들이 갑자기 이상한 행동을 보이기 시작했다.

슈캌!

"으헉!"

푹!

"허억!"

피피피피핑!

"크악!"

백여 명의 인자들은 갑자기 미쳐 버렸다.

그렇다!

그 말 외엔 이 현상을 설명할 말이 떠오르지 않는다. 그들은 느닷없이 서로 상잔하기 시작했다. 수중의 왜검을 휘둘러

동료를 베어버리고, 스스로 배를 찔러 할복했다. 개중에는 천지사방으로 수리검을 날리곤 동료의 칼날에 뛰어들어 자살하는 자까지 있었다.

그 아수라장의 중심!

홀로 사십 명이 넘는 인자들을 박살 내던 이현이 어안이 벙벙한 표정으로 서 있었다.

도대체 어떻게 된 일일까?

그때 그의 의혹을 풀어주기라도 하려는 듯 거대한 아수라장 속으로 조준이 불쑥 모습을 드러냈다. 양손으로 기묘한 수결을 맺고, 입으로는 연신 주문을 외우면서 말이다.

'저놈……'

이현이 조준을 바라보며 생각했다.

'…생각 이상으로 쓸모 있잖아!'

『만학검전(晩學劍展)』 7권에 계속…